로크미디어가
유혹하는
재미있는 세상

바인더북

# 바인더북 35

2021년 1월 18일 초판 1쇄 인쇄
2021년 1월 21일 초판 1쇄 발행

**지은이** 산초
**발행인** 이종주

**총괄** 김정수
**경영지원** 배진경 임혜솔 송지유

**기획** 이기헌 왕소현 박경무 강민구
**책임 편집** 이정규

**발행처** (주)로크미디어
**출판등록** 2003년 3월 24일
**주소** 서울시 마포구 성암로 330 DMC첨단산업센터 3층 318호, 319호
**Tel** (02)3273-5135 **편집** 070-7863-8597 **Fax** (02)3273-5134
**홈페이지** rokmedia.com **E-mail** rokmedia@empas.com

© 산초, 2013

값 8,000원

ISBN 979-11-354-5630-5 (35권)
ISBN 978-89-257-3232-9 04810 (세트)

# BIINDER BOOK
## 바인더북

### 35

| 산초 퓨전 장편소설 |

# contents

BInDER
BOOK

# 일본의 독도 침공 선포

대한민국 국정원.

아침 일찍부터 국정원 원장실에는 국정원의 수뇌라 할 수 있는 네 사람이 머리를 맞대고 있었다.

면면은 원장인 정영보와 1, 2, 3차장이었다.

그런데 차장들이 모이기 이전부터 안색이 별로 좋아 보이지 않는 국정원 원장, 정영보다.

그 와중에 나름 여유가 있어 보이는 김덕모 1차장을 제외한 두 차장들, 즉 최형만과 조택상은 영문도 모른 채 덩달아 안색이 굳어 있었다.

'흠, 무슨 일이 생겼구나.'

'표정을 보니 꽤나 심각한 일이 발생한 모양인데……'

최형만과 조택상이 나름대로 머리를 굴렸지만 당장은 떠오르는 사안이나 사건이 없었다.

　'혹시 제로가 저지른 일 때문인가?'

　그것 외에는 요즘 딱히 문제 되는 것이 없다고 여긴 최형만이 답답해지는 실내 분위기도 전환시킬 겸 입을 열었다.

　"원장님, 보고서에 적힌 대로 기어코 일을 저질렀습니다."

　주어와 목적어가 생략된 말이었지만 누구도 그걸 묻지 않았다.

　원장실이라고는 하지만 외부의 도감청으로부터 자유로울 수 없어 다분히 그를 의식해 말을 아끼는 것이지만, 알 만큼 아는 내용이어서였다.

　"헐! 배포 한번 크지 않소?"

　정영보 원장 역시 익히 알고 있었다는 듯 고개를 주억거렸다.

　"그게……. 일이 좀 커지긴 했습니다."

　"이렇게까지 해야 할 이유가 있었을까요? 군사시설도 아닌데……."

　뜬금없이 전혀 관계가 없어야 할 군사시설이란 말이 정영보 원장의 입에서 나왔다.

　'군사시설?'

　뜬금없이 여기서 웬 '군대'에 관한 말이 나온단 말인가?

　대화가 살짝 어긋나고 있는 느낌이었다.

　'뭔 뜻이지?'

바인더북

최형만 차장은 불현듯 기습적으로 전해진 불안감에 갑자기 전신이 싸해져 오고 소름이 돋는 기분이었다.

'제로 때문에 문제가 심각하게 된 건가?'

이건 본능적인 촉이었다.

그렇다고 해도 제로의 정체를 모르는 한, 큰일은 없을 것임을 아는 최형만이 침착한 어조로 말했다.

"우리로서는 그의 판단에 맡길 뿐입니다. 게다가 연락도 되지 않고 있어 말리려고 해도 난감합니다."

"아!"

정영보 원장도 대화의 핀트가 엇나갔음을 알고는 얕은 탄성을 내뱉었다.

"그 문제는 직원을 보냈다고 하지 않았소?"

중간 연락책인 구동진 요원을 일본에 보낸 일을 두고 하는 말이었다.

"아직까지 접촉을 하지 못했다고 합니다."

"으음, 곤란하군."

머리를 절레절레 흔들던 정영보 원장이 새삼 정색을 하고는 말을 이었다.

"지금 그것 때문에…… 상당히 유감스러운 일이 벌어지려 하고 있소."

"어쩐지 안색이 어두우시고 동문서답을 하신다 했더니, 본론이 따로 있었군요."

"김 차장이 정보를 갖고 왔으니 두 분께 설명하는 것이 좋겠소."

정영보 원장의 말에 최형만 3차장과 조택상 2차장의 시선이 김덕모 1차장에게로 쏠렸다.

"크흠, 본론만 말하면 2시간 전에 일본이 독도를 강제 침탈해 점유하려는 조짐이 보인다는 제5열의 연락을 받았습니다."

"예에? 그, 그게 정말이오?"

"아니, 갑작스럽게 그게 무슨 말입니까?"

김덕모의 메가톤급에 준하는 폭탄 같은 발언에 해연히 놀란 최형만과 조택상이 서로를 쳐다보며 이게 무슨 말인가 싶은 표정들을 자아냈다.

"해외공작국 정보협력과의 배영한 과장 앞으로 직접 배달된 내용입니다."

해외공작국은 해외 파트 담당인 김덕모 1차장 직속 기관이었다.

"허어!"

"그, 그래서요? 자세히 좀 말해 보십시오."

"3일 전에도 일본의 망언이 있었습니다만, 시작은 일본의 EEZ 무단 침입부터일 거라는 제보가 있었습니다."

EEZ란 '배타적경제수역'을 말하는 것으로, 자국의 연안으로부터 2백 해리까지의 바다, 모든 자원에 대해 독점적 권리를 행사할 수 있는 수역이다.

즉 유엔이 정한 국제해양법상의 수역이라 반드시 지켜야 하고 또 준수해 줘야 하는 권역이었다.

"일본이 독도에 대한 영유권을 주장하는 게 어제오늘의 일은 아닙니다만, 그렇다고 당장 감정적으로만 이루어질 일도 아니지 않습니까?"

"평소라면 그렇지요. 하지만 지금 야스쿠니신사와 도쿄도청 그리고 고쿄가 차례로 횡액을 당했습니다. 이게 무시하지 못할 일인 게, 야스쿠니는 일본의 혼이라 할 수 있는 장소이고 도쿄도청은 도쿄의 상징입니다. 여기에 일본 왕의 거주지인 고쿄는 일본 국민들의 정신적 지주가 머무는 곳이라 할 수 있지요. 하나같이 만만히 볼 수 없는 역사적 장소이자 핵심 행정청이란 겁니다. 그렇다 보니 일본 정부에서는 이 난국을 조속히 해결하지 못하게 되면 국민들이 현 모리 내각을 보는 눈이 달라질 거라 내다보는 것이지요."

"하면 눈을 밖으로 돌려 독도를 노릴 거란 말입니까?"

"제5열의 정보로는 그렇소."

"설마요? 그걸 빌미로 눈을 밖으로 돌릴 수도 있다고 보시는 건 비약이 너무 심한 것 같습니다만……."

"임진왜란의 예가 있지 않습니까?"

"그 당시야 일본이 통일되자 그 넘치는 힘을 밖으로 분출할 수밖에 없었다고 쳐도, 지금은 그런 냉병기 시대와 달라도 한참 다른……."

"아니오."

최형만 차장의 말을 김덕모 차장이 중간에서 끊으며 눈앞에서 검지를 흔들어 보였다.

"그때와 다를 바가 하나도 없습니다. 물론 임진왜란 당시야 힘이 넘쳤다는 게 이유였지만, 지금은 모리 내각이 코너에 몰렸다는 게 이유입니다. 사안은 달라도 갖다 붙이기 나름이지요."

"글쎄요. 그래도 저는 납득이 좀 안 갑니다."

"모리 수상은 제가 좀 압니다. 겉으로 보기엔 점잖은 인품인 것 같지만, 속내는 그 누구보다도 극우를 지향하는 인물입니다. 필시 모리 수상 자신은 뒤로 한 발짝 물러나 있고 각료나 혹은 극우 인물들을 내세워 전쟁 분위기를 조성하고 나올 게 틀림없습니다. 아니, 지금쯤이면 시작됐을지도 모르겠군요."

"그거야 저 역시 일정 부분은 공감합니다만……."

"아, 아, 최 차장님, 납득이 안 되더라도 미리 준비를 해놔서 나쁠 것은 없지 않습니까?"

"그야 그렇지요."

"우리가 막대한 자금을 들여 제5열을 심어 둔 이유가 뭐겠습니까?"

"자, 잠시만요."

"조 차장님, 하실 말씀이 있으면 하십시오."

"저는 일단 김 차장님의 말씀에 더 무게를 두고 싶습니다.

다만······."

"다만?"

"막상 양국의 감정적인 대응의 결과가 무력 충돌로 발전한다면, 우리로서는 감당하기 어려운 일들이 벌어진다는 것이 문제이지 않습니까?"

굳이 입 밖에 내어 거론치 않더라도 한국과 일본의 전력 차이가 극명하다는 건 누구나 다 알고 있는 사실이었다.

"전력의 차이야 해군 측이 더 잘 알겠습니다만, 현격하게 차이가 난다는 것쯤은 약간이라도 관심이 있는 국민들이라면 누구라도 예측할 수 있지요."

여기서 잠시 뜸을 들인 김덕모 차장이 계속 말했다.

"그래서 외교통상부를 통해 적극 움직일 작정입니다."

"물론 외교가 중요합니다만 일본이 막무가내로 나온다면 방법이 제한적일 수밖에 없습니다. 이를테면 독도를 기습적으로 점령해 놓고 구실과 핑계를 대며 비워 주지 않고 버틴다면요? 결국 힘으로 돌려받아야 한다는 얘긴데, 그게 가능하냔 말입니다."

일본의 독도 침략이 실현된다면 내줄 수밖에 없다는 얘기.

"맞습니다. 어차피 외교란 것이 말싸움일 뿐이고 전례를 보더라도 강력한 무력 앞에서는 힘을 발휘하지 못합니다. 힘의 논리는 현시대에도 보증수표니까요. 물론 유엔이 안전보장이사회를 열어 의논하겠지만, 외교전으로 날밤을 지새우기 바쁠 겁니다."

　외교로서는 뭘 해도 직접적인 도움이 되기는 어렵다는 뜻이었다.

　"설사 도움이 된다손 치더라도 허송세월만 보내게 될 겁니다."

　"하긴 멀고도 먼 남의 나라 일에 불과할 뿐이겠지요. 거기에 일본의 로비까지 더해진다면 해결은 순탄치 않을 겁니다. 더욱이 시일이 길어지다 보면 얼마 가지 않아 독도 문제란 이슈가 시들해질 가능성도 배제할 수 없습니다."

　"하면 조 차장께서는 달리 방법이 있습니까? 아, 미국에 도움을 요청하자는 말은 하지 마십시오. 우리나라와 일본, 둘 다 상호방위조약을 맺고 있는 실정이니까요."

　한쪽 편만 들기 어렵다는 뜻.

　"제가 그것도 모를 정도로 순진하지는 않습니다. 다들 아시다시피 일본 로비스트들이 미국 상하원들을 꽉 잡고 있는 상황이잖습니까? 제 말은 한시라도 빨리 독도로 해군 전력을 집중시켜서 사전에 예방해야 한다는 것입니다."

　"우리가 먼저 해군 전력을 움직일 수는 없습니다. 일본에게 더 강력한 빌미를 줄 수 있으니까요."

　"그건 김 차장님의 말씀이 맞습니다."

　"최 차장님, 어째서입니까?"

　"조 차장님, 일본이 무력 도발을 해 왔을 때는 단순히 그걸 가지고 따지면 됩니다. 하지만 일본은 움직임이 없는데 우리가 지레 먼저 군사력을 동원하게 되면 불리한 점이 많아집니다. 가장 큰 타격은 미국의 인정을 받기 힘들다는 점이 되겠지요. 일본은 그걸 한껏 이용해 국제사회에서 우리를 괴롭힐 거고요."

"하면 어쩌자는 겁니까? 독도방어훈련이란 이유로 해군 전력을 증강시키는 것도 한 방편일 것 같습니다만……."

"이제부터라도 코드 원께 보고를 드린 후 국방부와 의논해 봐야겠지요. 아마 격론이 벌어질 것으로 예상됩니다."

"크흐흠."

최형만 차장이 헛기침을 몇 번 하고는 나섰다.

"제로는 뭐…… 제가 영입했으니 제 탓이 크다고 봅니다. 그렇다고 제로라고 해서 일이 이토록 크게 번질 것을 예상하고 실행한 것이겠습니까? 아니, 꿈에도 생각지 않았을 겁니다."

"최 차장, 지금 그걸 따져 묻자는 게 아니오."

"원장님, 알고 있습니다. 사정이야 어쨌든 원인 제공자 아니겠습니까?"

"크흠."

"제로는 아직 젊어서 일본에 대해 잘 안다고 하기 어렵습니다. 그걸 깨우쳐 주고 일을 도모해 보겠습니다."

"아! 무슨 계획이 있소?"

"일본의 전력을 줄여 놓을 수 있다면, 뭐라도 해야 하지 않겠습니까?"

"그렇게만 될 수 있다면야 뭘 걱정이겠습니까?"

"아무렴요. 근데 아무리 제로의 능력이 탁월하다 해도 군사시설까지 가능할지 모르겠습니다."

척하면 착이고 '쿵!' 하면 뒤뜰에 호박 떨어지는 소리임을 아는지 김덕모와 나머지 두 차장이 한마디씩 해 댔다.

동시에 눈빛도 반짝거리는 것이 기대에 찬 열망을 노골적으로 드러냈다.

백척간두에 선 마당인 만큼 지푸라기라도 잡아 보자는 심정들인 것이다.

최형만 차장은 담용이 중국에 한 활약상을 알고 있기에 다른 누구보다도 기대치가 높았던 까닭에 목소리에 힘이 들어갔다.

"허헛. 최선을 다해 보는 거지요. 여태 음지에서 불가능한 일을 해 온 우리가 아닙니까?"

"맞습니다. 설사 무력의 차이는 있을지 몰라도 군의 사기나 전문성을 따지면 우리가 훨씬 앞섭니다. 기죽을 것이 없어요."

성격이 급한 데다 가장 젊은 조택상이 주먹을 불끈 쥐며 살짝 흥분했다.

"김 차장, 시간은 얼마나 있소?"

일본의 독도 도발 시한을 말함이었다.

"그리 많지는 않을 겁니다. 넉넉잡고 일주일에서 열흘 정도? 그 안에도 일은 얼마든지 벌어질 수 있고요."

"일주일이라……. 그 시일 안에 제로와 접촉이 되겠소?"

"아마 일본 측도 도발하기 전에 정식 발표가 있을 것으로 압니다. 그러면 제로도 자연히 알 수 있을 겁니다."

"크흠, 문제는 제로에게 그럴 만한 능력이 있느냐는 건데……. 최 차장은 어떻게 생각하오?"

"글쎄요. 즉답하기 어려운 질문입니다. 크흠, 일단은 시간이 없으니 코드 원께 보고부터 드리십시오. 그리고 국방부와 상의하는 동안 제가 무슨 수를 써서든 제로와 연락을 취해 방법을 모색해 보겠습니다."

"그래 주시겠소?"

"사안이 심각하니 어떤 수단이든 가동해 가능토록 해야지요."

"좋아요. 그럼 그렇게 알고 이만 파합시다. 나도 이 내용을 가지고 보고를 드려야 하니……. 아, 제로에게 연락이 닿는 즉시 보고해 주시오. 우선해서 받을 테니까요."

"알겠습니다."

그렇게 아침 일찍부터 시작된 네 사람의 구수회의가 그렇게 끝났다.

도쿄 ○○병원.

담용은 조금 전에 정신이 들었지만 아직 눈을 뜨지 않은 채, 뇌리만 열심히 굴리고 있는 참이다.

코끝에 걸린 냄새는 딱 꼬집어 말할 수는 없어도 병원 특유의 꼴꼴한 냄새였다.

어쨌든 안정을 취해야 하는 담용으로서는 돌멩이 하나만 굴러도 천둥처럼 들릴 것 같은 고요함이 자리 잡은 병원의 분위기가 마음에 들었다.

무엇보다 정신이 들자마자 너울처럼 전신에 퍼지는 부드러운 전율에 기분이 좋아졌다는 것.

'뭐……지?'

전신이 간질간질한 것이 어딘가 모르게 익숙한 듯하면서도 생경한 느낌.

3차 각성 때와는 같은 듯 다른 이질감.

온몸의 세포가 살아나는지 불현듯 감각이 쉴 새 없이 깨어나고 있는 기분이다.

툭. 투둑. 툭. 투둑. 툭. 투둑…….

말초신경의 모세혈관까지 깨어나 제 세상을 만난 듯 날뛰는 것만 같았다.

지금의 컨디션만 봐도 앱설루트의 경지가 더 진화된 게 확실했다.

초, 중, 상급이 있다면 중급과 상급 사이랄까?

아무튼 기분은 그랬다.

더불어 온 세상이 눈 아래로 보이는 착각마저 들었다.

초급 때의 차크라가 거친 데다 터질 듯이 **빵빵한** 느낌이었다면, 지금은 그저 부드러우면서도 더할 수 없을 정도로 최적의 컨디션이라는 것이다.

마치 한바탕 거센 폭풍우가 지나고 맑게 갠 하늘처럼 근래에 드물게 컨디션이 무지하게 좋았다.

덩달아 그 어떤 일에도 흔들리지 않을 것 같은 안온함이 온몸으로 느껴졌다.

단지 컨디션과는 별개로 몸은 눈동자를 굴리고 손가락이나 겨우 까닥할 수 있는 기운만 남아 있다는 게 아쉬울 뿐이었다.

'나중에 시험…… 아니, 시뮬레이션을 해 보면 알겠지. 쩝, 시뮬레이션을 입에 달고 사는 프라나 녀석이 좋아하겠군.'

아직은 의념을 깨워 녀석을 소환하지 않은 상태라 성가실 일이 없었다.

당장이라도 시험해 보고 싶은 마음이 굴뚝같았다.

하지만 차크라의 완전 소멸은 재세팅이 필요한 컴퓨터와 같아서 명상 수련으로 일깨워야 했기에 지금은 그저 귀찮다는 생각이 더 컸다.

'또 3일이 지난 건가? 아니면 더 지났나?'

달력을 봐야 날짜를 알 텐데, 지금은 그저 이런 자세로 있는 게 편했다.

'눈꺼풀 너머로 전해지는 밝기로 보면 대낮인 것 같은
데…….'

그런데 문병객도 없는지 조용해도 너무 조용했다.

'독실일 리는 없을 테고……. 배려해 주는 건가?'

일본인들의 남을 배려하는 마음은 정말 인정해야 한다.

태어나면서부터 몸에 각인된 듯 지나친 면이 없지 않지만,
상대에게 폐를 끼치지 않으려는 노력은 눈물겨울 정도다.

그것이 어느 정도냐면 중동에서 인질로 잡혀 곧 목이 잘릴
지경에 처했음에도 살려 달라는 말 대신 연신 머리를 조아리
며 '폐를 끼쳐 죄송합니다.'라고 말할 정도였으니까.

'응?'

누가 병실로 들어오는지 문이 여닫혔다.

그리고 속삭이듯 하는 말.

"아루와 상, 떼레비에 뉴스가 나와요."

"아, 오카 상, 다케시마로 간답니까?"

'엉? 다케시마라니? 난데없이 웬 다케시마, 아니 독도가
왜 나와?'

"지금 시각이면 뉴스가 나오겠네요. 떼레비를 틀어 볼게요."

"그럽시다. 자는 사람이 있으니 볼륨을 최대한 낮춰요."

"염려 말아요."

담용의 궁금증을 풀어 주려는지 병실에 비치된 TV가 켜
졌다.

아나운서의 멘트가 이어지고 있는 걸 보니 이미 뉴스가 진행되고 있는 중이었다.

－……해서 모리 총리는 각료 회의에서 다마다 게이지 해상막료장에게 명해 오늘 정오를 기해 해상자위대에 총동원령을 내리게 했습니다. 이는 우리 일본이 독도에 대한 영유권을 강력히 주장하기 위함이며 나아가 독도를 포함하는 EEZ 선포를 강행하려는 것입니다. 아울러 한국 어선의 일본 연해 조업을 차단하고 일본의 EEZ를 공고히 하는 데 그 목적이 있다고 할 것입니다.

'엉! 이게 다 뭔 소리야?'

뉴스의 내용을 들은 담용이 깜짝 놀라서는 전신을 들썩였다.

'저거…… 미친놈들이잖아? 내가 기절한 새에 뭔 일이 있었던 거야? 글고 동해에 4백 해리가 되는 곳이 어디 있다고? 미친…….'

담용의 생각대로 사실상 한국과 일본 사이에는 거리가 4백 해리가 되는 곳이 없었다.

고로 2백 해리 EEZ는 서로 중복될 수밖에 없는 것이다.

서로가 양보하지 않고 고집하면 다툼밖에 일어나지 않는다.

뉴스가 이어졌다.

－해상자위대는 조만간 다케시마와 가까운 마이즈루에서 사열할

예정이라고 합니다. 종전 이후 최대 규모의 해상 전력이 출정하는…….

'조만간이라고?'

다급해진 담용이 실눈을 뜨고서는 부지런히 달력을 찾았다.

모두의 시선이 TV에 쏠려 있는 사이 출입문 옆에 있는 달력을 확인할 수 있었다.

'프라나가 3일 후에 깨어난다고 했으니…… 오늘이 28일이로군.'

출정식이 조만간에 이루어질 것이라고 했으니 늦어도 새해, 즉 2001년 1월 초가 될 것이다.

물론 더 빨라질 경우도 염두에 둬야 했다.

'새해 벽두부터 출정식이란 말이지.'

출정식은 전쟁터로 나가기 직전에 벌이는 퍼포먼스다.

'헐, 뜬금없이 전쟁이라니!'

이건 필시 일본 국민들의 시선을 다른 곳으로 돌려 야스쿠니와 고교의 참상을 희석시켜 보겠다는 의도다.

그게 이유라면 저러는 것 자체가 블러핑만은 아니라는 뜻이다.

'흥! 유치찬란한 놈들. 근데 마이즈루가 어디지?'

제3호위대군, 즉 한국으로 치면 제3함대가 있는 곳일 테니 찾아봐야 알 수 있을 것이다.

'휴게실에 컴퓨터 한 대쯤은 비치해 놨…… 어? 아닌가?'

마음이 급했던 담용이 몸을 일으키려다가 그만뒀다.

지금은 2000년에서 2001년으로 막 넘어가는 시기라 컴퓨터가 널리 보급되지 않았음을 상기한 것이다.

아이러니하게도 한국보다 앞선 일본이라지만 컴퓨터 보급 부분에서는 늦어지고 있었다.

'일본에 대해 공부를 해 놓길 잘했군.'

일본 야쿠자들을 상대하면서 일본 전반에 걸쳐 수시로 책을 들여다보며 지식을 섭렵했었다.

당연히 일본 군사력에 대해서도 관심을 가지고 공부했었다.

이는 담용 자신이 부사관 출신이었기에 더 그랬다.

'필요하면 전두엽을 뒤지면 되는데……. 이 녀석을 깨우는 게 좋겠…….'

담용은 프라나를 소환하려다가 멈칫했다.

'아니지, 차크라를 채워 기운을 차리는 게 우선이다.'

당장은 결가부좌가 어려워 드러누운 채 명상에 들 수밖에 없다.

귓가로 뉴스가 계속되고 있었지만 집중하자, 이내 오관이 닫히면서 적막이 찾아들었다.

일본 총리 관저.

탁자에 간단한 음료와 다과가 마련된 가운데 모리 수상과 그의 심복이라 할 수 있는 마츠카와 아카리 내각관방장관과 방위청 청장 미야모토 슌스케 그리고 내각정보조사실 실장인 오카다 쇼지가 마치 당연하단 듯 자리하고 있었다.

그 외에도 세 사람이 더 있었다.

한 사람은 감색 정장 차림의 중년인으로 통합막료장인 오구로 마사시였고, 다른 한 사람은 정복을 입은 군인으로 해상막료장인 다마다 게이지였다. 그리고 마지막으로 법무성 장관인 도카이치 히로세까지 자리를 함께하고 있었다.

차 한 모금으로 입을 적신 모리 수상이 입을 열었다.

"마츠카와 장관, 고쿄에 인명 피해는 없다고 했소?"

"하이, 혹시 몰라 미리 대피시켰던 터라 그런 일은 없었습니다."

"통화를 해 본 결과, 천황 폐하께오서 많이 놀라신 것 같았소."

"아, 편히 모시지 못한 죄가 큽니다. 게다가 머무시는 거처까지 사라졌으니 고개를 들지 못하겠습니다."

"나 역시 다를 바가 없소. 그래서 더 이 난국을 빨리 타개해야 하오."

"이를 말입니까? 언제든 명만 내리십시오."

"안 그래도 그럴 작정이오. 민심은 어떠하오?"

"연달아 횡액이 겹치다 보니 그리 좋지 않습니다."

"으음, 그렇겠지."

말은 저렇게 순화했지만 모리 수상인들 민심이 들끓고 있음을 왜 모를까?

일본 국민들의 정서상 알게 모르게 지도부에 순종하는 유전자가 몸에 각인되어 있기에 참고 지내는 것일 뿐이지 그렇다고 성질까지 없는 것은 아니었다.

"각하, 다케시마를 점령해 우리 영토로 만든다면 큰 힘을 들이지 않고도 바닥까지 떨어진 민심을 단박에 끌어올릴 수 있습니다."

"그 때문에 이렇게 모이지 않았소?"

그때 법무성 장관인 도카이치 히로세가 손을 들었다.

"아, 도카이치 장관. 말하시오."

"각하, 아무래도 헌법 9조를 의식하지 않을 수 없습니다."

"그 때문에 장관을 여기로 부른 거요. 그러니 헌법 9조를 타파할 계책을 내보시오."

"그것이……."

헌법 9조는 일본이 패전국이 됨에 따라 연합국의 견제로 발효된 법이었던 터라 도카이치가 법무부 수장이라고 해도 뾰족한 수단이 있는 것은 아니었다.

여기서 일본국 헌법 제9조를 살펴보면.

① 일본 국민은 정의와 질서를 기조로 하는 국제 평화를 성실히 희구하며, 국권의 발동인 전쟁과 무력에 의한 위협 또는 무력의 행사는 국제 분쟁을 해결하는 수단으로서는 영구히 포기한다.

② 전항의 목적을 달성하기 위하여, 육해공군 및 그 외 어떠한 전력도 보유하지 아니한다. 국가의 교전권 또한 인정하지 아니한다.

헌법 9조의 내용대로라면 일본은 아예 전쟁이란 'ㅈ' 자도 꺼내지 못하게 되어 있었다.

하지만 현실은 달랐다.

북한은 물론 점점 국제사회에서 경제 발전과 더불어 군사 강국으로 목소리를 키워 가는 중국을 의식한 미국이 묵인해 줌으로써 일본의 군사력 증대가 가능해진 바였다.

간단히 말하면 동북아의 정세를 미국을 대신해 일본이 해결해 주기를 바라는 전략화가 차츰 가시화되어 가고 있는 형국이란 것.

그로 인해 군비를 증대하다 못해 전쟁을 벌이지 못해서 환장할 지경에까지 다다를 정도로 군사력을 비축한 상태까지 왔다.

그 명분의 일환으로 해외 파병을 위해 다방면으로 손을 쓰고 있는 중이었다.

하지만 한국을 비롯한 피해 국가들의 거듭되는 반대로 인해 번번이 무산되고 있었다.

그러나 일본은 여기서 꺾이지 않았다.

바로 전가의 보도처럼 써먹는 카드인 다케시마 영유권을 주장하는 일이었다.

일본은 늘 그래 왔듯이 국내 민심이 이반된다 싶으면 독도는 일본 땅이라고 대외에 주장함으로써 일본인들의 결집을 도모해 오곤 했던 것이다.

작금에 벌어지고 있는 국내 사태도 독도를 이용해 국민들의 시선을 돌리기 위해 각료들을 소집한 터였다.

모리 수상의 채근에 잠시 고뇌에 차 있던 도카이치가 입을 열었다.

"각하, 우리 대일본국이 다케시마를 점령하려면 우선해야 할 일은 국제 사회에서 명분을 얻는 일입니다."

"당연하오. 국제 관계에서 억지를 썼다가는 대외 신용도에도 막대한 차질이 생길 거요. 일단 의견부터 들어 봅시다."

"먼저 해야 할 일은 집단적 자기방어를 할 수 있음을 대외에 천명하는 겁니다."

"집단적 자기방어라고요?"

"그렇습니다. 간고쿠에서 점유권을 행사하고 있는 다케시마를 되찾아오는 일을 집단적 자기방어의 영역에 포함시키는 거지요."

"그게 가능한 거요?"

"헌법 제9조 1항에 무력의 행사는 국제 분쟁을 해결하는 수단으로서는 영구히 포기한다고 되어 있지만, 그것은 어디까지나 국제분쟁에 한한 일입니다. 일본 영토인 다케시마를 되찾는 일은 국내의 문제로 끌어들여 이슈화시키면 됩니다."

"오호!"

"오! 그럴듯합니다."

"호오, 그러면 되겠군요."

모리 수상을 비롯한 각료들이 탄성을 내뱉으며 머리를 주억거렸다.

그러나 비록 호응은 하고 있지만 법을 살짝 비틀어 자국의 이익에 맞춘 해석임을 모르지 않았다.

하지만 일본의 수상이란 직위는 독재자나 다름없어 반대의 목소리는 있을 수 없었다.

더구나 이들의 임명권자가 바로 모리 수상이 아니던가?

"그렇게만 해석되면 눈치가 보이니 추가해야 할 사항이 있습니다."

"그게 뭐지요?"

좋은 묘안이긴 했지만 그래도 약간 미진한 데가 있다고 여긴 모리 수상의 표정에 기대가 어렸다.

멍청이가 아닌 바에야 다른 각료들도 마찬가지 기색을 보였다.

'젠장, 부담되게시리…….'

마른침을 꿀꺽 삼킨 도카이치가 입을 뗐다.

"우리 일본국에 대한 직접적인 무력 공격뿐만이 아니라 우리와 긴밀한 관계를 유지하고 있는 국가에 대한 공격, 또 그러한 공격의 심각한 위협이 있는 경우에도 자위대를 사용할수 있음을 대외에 공포해야 한다는 것이지요."

탕!

"바로 그게 내가 바라던 거였소, 하하핫."

탁자를 치며 벌떡 일어선 모리 수상이 크게 만족한 듯 파안대소를 터뜨렸다.

"하하하…… 그거 묘안이오이다."

"하핫, 역시 법무성 수장답소이다."

다들 도카이치를 향해 엄지손가락을 척 내세우며 만면에 웃음을 자아냈다.

"각하, 이쯤 됐으면 명분도 충분하니, 다음 안건으로 넘어가도 되겠습니다."

"허허헛, 그럽시다."

"오늘은 사안이 사안이니만치 군부의 핵심 각료들이 대거참석했으니 자문을 구해 보지요."

"그러리다. 아참! 오키나와에서 온 애들은 어떻소?"

오키나와를 거론하는 것은 아마테라스의 본부가 있는 곳이기 때문이었다.

"아, 몇 명이 부상을 입었지만 그리 대단하지 않다고 합니다. 찰과상 정도라……."

"다행이군."

모리 수상의 시선이 감색 정장 차림의 중년인에게로 향했다.

"오구로 통합막료장, 준비는 잘돼 갑니까?"

"하이! 늦어도 일주일 후면 출진할 수 있습니다. 물론 간고쿠가 상대라면 내일 당장 출진하라고 하셔도 가능한 상태입니다."

"허헛, 좋소, 좋아. 암튼 너무 요란스럽지 않게 암암리에 준비해 놓도록 하시오."

"알겠습니다."

마츠카와 관방장관이 말했다.

"각하, 이미 방송을 타지 않았습니까? 굳이 숨길 것까지는 없지 않습니까?"

"지금 그걸로 인해 안팎으로 많이 시끄럽다 보니 이런저런 말들이 많이 들어오고 있소. 해서 정부로서는 출진할 때까지 그 어떤 공식적인 언급 없이 침묵과 모르쇠로 일관할 테니 그리 알기 바라오."

"각하, 그렇지 않아도 간고쿠에서 문의가 왔습니다. 방송이 사실이냐고 말입니다."

"뭐라고 했소?"

"우린 그런 사실도 없고 모르는 일이라고 했습니다."

"잘했소. 클레어에게서도 전화가 왔었소."

"미국 국방장관이요?"

"뉴스에 보도된 게 사실이냐고 물었다오."

"각하, 미국 측으로서는 당연한 반응입니다. 한국과는 한미상호보호조약이 체결되어 있고 전쟁 발발 시에는 유엔의 결의 없이 곧바로 참전할 수 있는 조항이 있으니까요. 어찌 답변하셨습니까?"

"뭐, 우리 영토를 되찾기 위함이라고 했소. 그리고 속전속결로 해치울 테니 반응을 조금 늦춰 달라고 부탁했소."

"그랬더니요?"

"노코멘트였소."

"노코멘트로 끝났다면……."

"후후훗, 우리가 녹음이라도 하고 있는 줄 알았는지 금세 끊어 버리더구려."

"각하, 묵시적인 허락으로 봐야 하지 않겠습니까?"

"하하핫, 바로 그거외다."

"하핫, 미국 측 반응이 그렇다면 지금이 절호의 기회입니다."

오구로 통합막료장이 나섰다.

"각하, 한미상호방위조약에 대해 얘기가 있었을 텐데, 어찌하기로 했습니까?"

"그 문제는 곧 대답이 올 것이오."

"혹시 딜은…… 없었습니까?"

"후훗, 미국이 손해 보는 짓을 할 것 같소?"

"당연히 그럴 리 없지요."

"다케시마의 해저 자원을 미국과 공동 개발하는 것으로 잠시 눈을 감아 주기로 했다오."

"아, 들은 적이 있습니다. 불타는 얼음이라는 가스 하이드레이트가 매장되어 있다고 말입니다."

"그렇소. 공해가 적어 차세대 에너지자원으로 기대를 모으고 있소. 그보다 더 중요한 것은 가스 하이드레이트가 있는 곳에 석유가 묻혀 있을 가능성이 무척 높다는 거요."

독도를 점령하게 됐다는 것에 고무됐는지 모리 수상의 말투가 점점 열기를 더하고 있었다.

일본도 한국처럼 석유 한 방울 나지 않는 나라였기에 에너지자원의 확보에 민감할 수밖에 없어 독도는 꼭 차지하고 싶은 섬이었던 것이다.

"그뿐이 아니오. 다케시마는 영토로서의 상징적 가치나 군사 안보적 가치 등의 눈에 보이지 않는 가치가 더 큰 섬이라오."

"각하, 다케시마를 점령한다는 것은 우리 일본이 한반도로 진출하는 시작점이니 기필코 실효 지배를 해야 합니다. 반도를 눈 아래 두고 있으면 향후 장악하기도 수월해질 겁니다."

"어허, 미야모토 청장, 한반도 진출은 우리 일본의 오래 묵은 숙원이지만 함부로 입 밖에 내서는 안 되오."

"각하, 그 부분은 잘 알고 있습니다."

그때, 모리 수상의 책상에 놓인 전화기가 울렸다.

또롱. 또로롱.

"각하, 빨간색 비선 전화기입니다."

"흠, 미국이 결정을 내린 것 같소."

비선 전화이기에 모리 수상이 일어서더니 업무용 테이블에 놓인 전화기를 들었다.

"모시모시, 모리 수상입니다. 아, 클레어 장관……. 오호! 그래요? 그 점은 충분히 이해하오만……. 흠, 그렇다면 관여하지 않겠다는 걸로 봐도 무방하오? 흐음. 아, 알겠소. 하면 뒷일은……. 그래 주면 감사하지요……. 하핫, 걱정 마시오. 귀국에 부담 가게 하지는 않을 테니 말이오."

철컥.

전화기를 놓고 입가에 호선을 그린 모리 수상이 다시 제자리에 앉았다.

마츠카와 관방장관이 눈을 빛내며 물었다.

"각하, 뭐라고 합니까?"

"이게 우리 대일본에게 유리한지 불리한지 잘 판단이 서질 않소."

"예? 클레어가 뭐라고 했는데요?"

"아, 가타부타 말이 없었소."

"그게 무슨……. 아하! 정권 교체 때문입니까?"

"바로 맞혔소. 어떤 결과가 나오든 부담이 많이 가는 사안이라 미국으로서는 관여할 수 없다고 하오."

"딴은 이해가 갑니다만 사실은 일한미 간의 관계로 보아 미국이 할 일이라고는 중재가 전부이지요. 즉 우리 대일본이든 간고쿠든 그들의 말을 안 들으면 그만이라는 거지요."

"강제 조항이 없으니 맞는 말이오."

"다만 국제사회가 시끄러워지는 걸 감안해서 도카이치 장관의 말대로 명분은 확실히 갖춰야 할 것입니다."

"그 문제는 시기를 봐서 발표하겠소."

"각하, 이렇게 되면 시일이 중요하게 됐습니다. 바로 속전속결만이 유리한 국면을 이끌 수 있다고 봅니다. 국제사회의 분쟁이 그렇듯 이미 다 끝난 뒤라면 누구도 쉽게 간섭하지 못할 것입니다."

말인즉 약자보다 승자의 손을 들어 주는 게 관례가 되어 왔다는 뜻이었다.

거기에 그럴듯한 명분까지 있다면 국제사회도 타국의 문제에 함부로 간섭하지 못할 것이다.

"미국이 문젠데……."

모리 수상이 팔걸이를 두드리며 잠시 고민에 잠겼다.

그럴 것이 약자를 도와 승리하게 만든 예가 있었기 때문이었다.

바로 중동의 걸프전쟁으로, 이라크의 침공에 뿔난 미국이 쿠웨이트를 도와 승리한 사건이었다.

"각하, 미국은 지금 정권 이양으로 인해 정신이 없습니다. 그리고 대통령 당선자인 부시에게서도 별말이 나오지 않는 상황입니다. 이는 클린턴 측에서 우리 계획을 언급하지 않았다는 뜻이지요. 이게 뭘 뜻하겠습니까?"

"기회를 줄 때 처리하라는 의미요?"

"소관의 생각은 그렇습니다."

마츠카와 관방장관의 확신에 가까운 말을 들은 모리 수상이 결심을 했는지 표정이 굳었다.

자국에 유리한 대로 해석하는 것은 무엇이든 가능하게 했기 때문이었다.

"오구로 통합막료장, 빠르면 언제쯤 출항이 가능하오?"

"각하, 이틀 안에 출항할 수 있습니다."

'하긴 명분만 있다면야 더 이상 끌 것은 없겠지.'

"좋소. 이틀 후, 00시에 출항해서 독도를 점거하도록 하시오."

"하잇!"

"다케시마까지는 얼마나 걸리오?"

"거리가 380km이니 30노트로 달리면 넉넉잡고 7시간이면 도착할 수 있습니다."

"흠, 그렇다면 작전 완료까지 10시간을 주겠소. 가능하겠소?"

"하잇. 충분합니다, 각하."

"내가 이리 성급하게 구는 이유가 있소. 첫 번째로 미국 측에 미처 대응할 수 없었다는 핑계를 대게 해 주려는 것이고, 두 번째는 자국민들에게 하루라도 빨리 심적 안정을 주기 위함이라오. 그러니 오구로 통합막료장은 만에 하나라도 차질이 없이 임무를 완수해야 할 거요."

"하잇! 염려하지 마십시오, 각하. 다케시마를 점거하는 대로 보고를 올리도록 하겠습니다."

"좋소이다. 마츠카와 장관."

"말씀하십시오, 각하."

"다케시마를 점령한 후, 그 정당성을 대외에 천명해야 하오. 그에 대한 증거를 내놓도록 하시오."

"이미 1600년부터 우리가 사용하던 다케시마입니다. 그 외에도 자료는 많습니다. 그보다 중요한 것은 일단 점령해 놓으면 간고쿠가 제아무리 국제사회에 떠들더라도 무시해 버리면 된다는 겁니다. 안전보장이사회에서도 비상임이사국을 여덟 번이나 한 우리를 무시하지 못할 것입니다. 반면에 간고쿠는 단 한 번도 없었지요. 이외에도 우리에겐 막강한 로비력이 있습니다."

정당성과 명분 이외에도 편법으로 얼마든지 깔아뭉갤 수 있다는 얘기였다.

끄덕끄덕.

"크흠, 실효 지배를 한 이후에 한국과 새로운 협정을 맺게 될 거요. 아니, 반드시 그렇게 끌고 가야 하오."

"아마 그때부터 서로 줄다리기를 하기 시작하면 하세월이 걸릴 것입니다. 그러는 동안 우린 다케시마에 군사시설을 구축하면 됩니다."

"각하, 애초에 미국의 허락 유무를 떠나 다케시마는 벌써 점령했었어야 합니다. 그에 대한 매뉴얼도 마련되어 있지 않습니까?"

"허허헛, 그야 나도 대충은 알고 있지요. 그리고 여태껏 군 장성들의 마음을 몰랐을 내가 아니라오. 하지만 정치란 게 그리 만만치 않다오."

"하긴 국제사회와 조율이 필요하겠지요. 특히 미국이라면 더더욱……. 하지만 각하, 이걸 아셔야 합니다. 미국은 언제든 주적으로 바뀔 수 있는 상대란 걸 말입니다."

"알아요, 알아. 내 어찌 천황 폐하께오서 굴욕당한 날을 잊겠소."

"하하핫. 자 자, 이제 피해를 최소화해서 다케시마만 점령하면 되겠습니다, 하하핫."

미국이 주적이라는 말이 나오자, 당황한 마츠카와 관방장관이 크게 웃으며 분위기를 무마하려 애썼다.

"어허! 오구로 통합막료장, 벽에도 귀가 있소."

"아, 실례했습니다."

"아, 아, 괜찮소. 그 정도는 누구나 인식하고 있는 얘기가 아니오?"

"각하, 그렇다 해도 지금은 때가 아닙니다. 당면한 문제를 해결하는 데 힘을 모을 때입니다."

"그럽시다. 오구로 통합막료장, 객관적으로 봐도 우리가 월등하다는 건 알지만 실질적인 상호 전력은 어떠하오?"

"각하, 한국의 해상 전력은 우리에게 상대가 되지 않습니다."

"일방적으로 이길 수 있다는 말이오?"

어느 정도 예상하고 있으면서도 책임자에게 직접 듣고 싶어서 묻는 말이었다.

"하잇, 각하! 어른과 어린아이의 싸움입니다. 그러니까 어린아이 손목 비틀기지요. 그러니 다케시마를 점령하는 데 하루면 충분합니다. 맡겨 주십시오."

사실 하루도 많이 잡은 것이었다.

하지만 전쟁이란 움직이는 생물과 같아서 약간의 돌발 변수나 불안감 정도는 감안해야 했기에 하루, 즉 24시간을 언급한 것이다.

"흠, 얼마간의 희생은 불가피하겠지요?"

"각하, 전쟁에 희생자가 발생하는 건 당연한 일입니다. 또 그러라고 군대가 존재하는 것입니다. 심려치 마십시오."

"좋아요."

일본 군부의 인명경시 풍조를 그대로 보여 주는 말이었지만 모리 수상은 개의치 않는 듯 그 점에 대해서는 가타부타 말이 없었다.

"다마다 해상막료장, 지금 제3호위대군은 누가 이끌고 있소?"

"핫! 도이 요이치 해장보입니다. 지금 출진을 위해 만반의 준비를 하고 있는 중입니다."

"흠, 경비대는 어떻소?"

경비대는 1945년 종전 이후 미국에 의해 폐지된 육전대를 말하는 것으로, 이름만 바꾼 것이다.

독립적으로 존재하는 한국이나 미국 해병대와는 달리 해군에 포함된 병과였다.

"중대 인원을 편성해 준비해 놓은 상태입니다."

"중대라면 120명 전후인가?"

"하잇! 독도경비대가 소대 규모인 데다 무기도 변변찮아 함포 사격 두서너 방이면 끝낼 수 있기에 중대 편성으로 정했습니다."

중대 규모만으로도 제압하는 데 전혀 문제가 되지 않는다는 얘기.

"혹시라도 문제가 생긴다면 해상 전력을 가동하면 됩니다. 만에 하나라도 그럴 리가 없겠지만 말입니다."

"호오, 말만 들어도 든든해지는 기분이오."

"더군다나 우리의 지속되는 반발로 인해 방어 훈련 한번 하지 못한 독도경비대입니다. 그리고 전문 훈련을 받은 군대가 아닌 경찰이 지키고 있어 점령하는 데 문제 될 것이 하나도 없습니다."

"아! 울릉도에 군부대가 있는 것으로 아는데……. 거긴 상황이 어떻소?"

"한국군 전력에 대해서는 오래전에 파악이 끝난 상태입니다. 특히 울릉도 주둔 병력인 해군 제118조기경보전대와 공군 319관제대대는 전투병과가 아니라서 움직이더라도 일시에 무력화시킬 수 있으니 걱정하지 않으셔도 됩니다."

"오잇, 믿어 보겠소."

"핫!"

마치 엄중한 군기로 각 잡힌 이등병처럼 머리까지 숙이며 힘차게 대답하는 다마다 해상막료장이다.

오구로 통합막료장이 말했다.

"각하, 하면 이틀 후 00시에 출항하도록 하겠습니다."

"그렇게 하시오. 다만 그 전에 미국 측에서 다시 연락이 와서 변동 사항이 발생할 수도 있으니 감안하시오. 연락이 온다면 중국과 러시아의 눈치를 보는 것 때문일 거요."

"아! 다케시마가 군사적 전략 기지이기 때문일 겁니다."

독도가 한국, 러시아, 북한, 중국, 일본 등 군사 강대국이 맞물린 지정학적 위치인 탓이었다.

"맞소."

"다시 연락받는 일이 없다면, 그대로 진행하시오."

"하잇, 만반의 준비를 해 놓겠습니다."

"마츠카와 장관은 한국 측에서 연락이 오면 알아서 대응하시오. 난 빠져 있을 테니 말이오."

"알겠습니다."

"하고…… 도카이쎄카이(도해정회) 모임을 개최해야지 않겠소?"

모리 수상이 말하는 도카이쎄카이는 일본 극우파 단체를 말했다.

도카이쎄카이 산하 기업인 도해합명회사가 한국으로 진출해 금융회사를 설립하려 했지만 담용의 방해로 인해 무산된 터였다.

"아, 그렇지 않아도 독도 침공을 예시한 때부터 준비하고 있었다는 연락이 있었습니다. 회합은 이틀 후 저녁 7시이며 장소는 본부 대회의실입니다."

"흠, 참석하고 싶은 마음이야 굴뚝같지만 그럴 수 없으니……. 경은 참석이 가능하겠소?"

"주시하는 눈들이 많을 것 같아 저 역시 어려울 것 같습니다."

"그렇다면 직원 중 한 사람을 택해 연락원으로 보내시오."

"각하께서 미야자와 님께 참석을 못 하는 대신 전화로라도 안부를 여쭙는 게 좋겠습니다."

끄덕끄덕.

"당연히 그럴 거요."

그럴 것이 미야자와 가쿠에이란 인물의 신분이 일본 정계의 대부임과 동시에 극우파를 이끄는 수장이었기 때문이었다.

"지금부터 각 언론 매체는 물론 매스컴 그 어디서도 독도 문제에 대해 떠들지 못하게 하시오."

"그리 조치하겠습니다."

"자, 이만 마칩시다."

"하잇! 수고하셨습니다."

도쿄 ○○병원.

"어머! 아직도 정신을 못 차렸나 보네. 4일째가 다 돼 가는데…….."

병실을 방문한 간호사가 링거를 교체하면서 담용을 살폈다.

하지만 기운을 회복한 지 오래인 담용이었다.

안 그래도 눈을 뜰 타이밍을 재고 있던 차여서 간호사의 말을 듣는 순간, 눈을 떴다.

"어? 나카타 상, 깨셨어요?"

두 개의 일본 여권 중 하나가 '나카타 유지'여서 그리 부르는 것이다.

"예, 제가…… 얼마나 정신을 잃고 있었나요?"

"꼬박 사흘 하고도 반나절 더 걸렸어요."

"그렇게나 오래요?"

"네에."

"어쩐지 배가 고프더라니."

"호호홋, 그러실 거예요."

"지금이…… 몇 신가요?"

"오전 7시요. 곧 아침 식사가 올 때인데…… 나카타 상은 식사 신청을 안 해서 어쩌죠?"

"아, 몸이 가뿐한 걸 보니 퇴원해도 되겠어요."

"호호홋, 그건 나카타 상이 맘대로 결정할 수 없어요. 이따가 의사 선생님이 회진할 때 의논을 해 보세요."

"그러죠. 외출할 수 있나요? 배가 너무 고파서 못 견디겠네요."

아닌 게 아니라 배가 등에 달라붙을 지경으로 허기가 졌다.

"외출은 곤란해요."

"그럼 병원 내에……."

"아! 지하에 식당이 있으니 거긴 이용이 가능해요."

"감사해요."

"호호홋, 뭘요. 어쨌든 몸이 괜찮다니 다행이네요. 그럼 나중에 봬요."

'훗! 쾌활한 간호사로군.'

저런 성향의 간호사는 환자들에게 알게 모르게 힐링을 가져다주니 이 병실의 환자들은 복 받은 거다.

담용은 겉옷을 걸치면서 실내를 살펴보니 모두들 TV에 시선이 고정되어 있음을 알았다.

화면은 아나운서의 멘트에 따라 처참한 폐허로 변한 고교의 전경을 보여 주고 있었다.

'엉? 전쟁 얘기는 없나?'

밑에 자막이라도 나올 법한데 엉뚱하게 날씨 얘기만 주르르 지나가고 있었다.

궁금했던 나머지 건너편 있는 환자에게 물어보았다.

"저기……."

"아! 도와드릴까요?"

담용이 말도 다 꺼내기 전에 앞의 환자가 반색을 하며 반겨 주고 있다.

일본인들이 친절한 건 그 속내야 어떻든 천성인 게 확실한 것 같다.

"그게…… 제가 좀 오래 정신을 잃었었는데요."

"하핫, 3일 동안 죽은 듯이 잤었지요. 말을 들어 보니 고교 가이엔에서 변을 당했다던데 맞아요?"

"어? 마, 맞아요."

"혹시 지옥유령을 봤나요?"

묻는 기색을 보니 기대가 한껏 묻어 있다.

절레절레.

"갑자기 당하는 바람에 저도 어찌 된 영문인지 통……."

"쩝, 기대했는데……. 몸은 괜찮아요?"

"예."

"아, 궁금한 게 있다고요?"

"예! 잠결에 얼핏 전쟁 얘기를 들은 것 같아서요."

"그거라면 어제 아침까지만 해도 그런 말이 있었는데 어쩐 일인지 어제 오후부터는 감감무소식이네요."

"그래요? 그럼 전쟁을 한다는 거예요, 안 한다는 거예요?"

"잠시만요. 어이, 고마나 상!"

"왜 그래요, 하다 상?"

"어제저녁에 방송국에 전화해 본다고 했었잖아요? 어찌 됐어요?"

"아! 전쟁 얘기 말이죠?"

"맞아요."

"그거 말 못 해 준다던데요?"

"예? 그게 무슨 말이죠?"

"그 말밖에 못 들었어요. 왜 말이 다르냐고 물었더니 모른 다고만 했어요."

"또 통제에 들어간 건가요?"

"그야 모르죠. 전쟁이 터진다면 물자를 좀 비축해 놔야 할 것 같아서 아침에 눈뜨자마자 다시 전화했죠."

"어? 뭐래요?"

"그게 전화가 불통이더라고요. 30분 가까이 통화 중으로 나오니 그냥 끊었죠."

"통화 중이라면 고마나 상처럼 궁금해하는 사람이 많다는 뜻일 겁니다."

"아무래도 그렇겠죠? 전쟁이 터진다니 얼마나 궁금하겠어요? 그런데 가타부타 더 이상 말이 없으니 국민들에게 궁금증만 잔뜩 키워 놓은 꼴이죠."

"하긴 민감한 문제를 터뜨려 놓고 슬그머니 빼는 게 이상하긴 하네요. 암튼 고마워요."

"뭘요."

"그렇다는데요?"

"아! 정말 감사합니다."

담용도 만족했던지 이빨이 드러나게 함박웃음을 지어 보였다.

이어서 공손하게 머리를 숙여 보이고는 겉옷을 걸치며 실내를 빠져나갔다.

# 능력 업그레이드

지하 식당에서 배고픔을 달랜 담용이 오픈 커피숍에서 거피 한 잔을 주문해 들고는 빈자리에 앉았다.

'응?'

누군가 보고는 놓고 갔는지 탁자에 신문이 곱게 접힌 채 놓여 있었다.

朝日新聞

'아사히신문?'

오늘 날짜 신문이었다.

'마침 잘됐네.'

전쟁이 언제 터질지 궁금했던 담용이 다급히 신문을 넘겼다.

스륵. 스륵. 스륵.

'엉? 어, 없어?'

마지막 장까지 펼쳐 봤지만 그 어디에도 전쟁에 관한 내용이라거나 자위대 출동 같은 건 없었다.

'이럴 리가 없는데……. 아! 혹시?'

퍼뜩 담용의 뇌리로 떠오른 것은 일본 신문이나 여타 매체들이 세계에서도 중국과 함께 으뜸으로 정부 시책에 잘 따른다는 점이었다.

달리 말하면 일본 정부에서 각 매스컴에다 사전에 엠바고를 요청했다는 얘기다.

'기어코 전쟁을 하겠단 말이군.'

담용으로서는 최악의 경우를 염두에 두지 않을 수 없었다.

'어쩔 수 없이 연락을 취해 봐야겠군.'

당연히 국정원과의 연락이다.

그런데 문제가 없지 않다.

독도를 두고 한국과 전쟁도 불사하겠다는 시점에서 지금쯤 일본의 통신 검열이 절정에 달해 있을 걸 감안하면 국정원과의 연락은 쉽지 않을 것 같다.

특히나 해외 시그널은 집중 감시 대상일 것이 빤했으니까.

툭!

효용을 다한 신문이 제자리에 놓였다.

그런데 신문이 뒤집히면서 부지불식간에 눈에 띤 컬러판 광고에 담용이 숨을 '훅!' 불어 냈다.

'이런 멍청이 같으니라고.'

누가 볼세라 얼른 신문을 다시 집었다.

'하! 얼간이같이……. 왜 여태 신문광고를 확인할 생각을 못 했지?'

유일한 연락법이 신문광고를 통한 것임을 알고 있었으면서도 그동안 까맣게 잊고 있었다.

아무리 익숙지 않은 일일지언정 이건 직무 유기나 다름없는 일이었다.

그걸 책하기라도 하듯 뒷면 전부가 H자동차의 2001년 신형 그랜저XG 광고로 도배되어 있었다.

처음에는 5단통 광고였을 터였다.

소식이 없자, 그다음은 9단 21 지면 광고로 확대했음을 미루어 짐작할 수 있었다.

그래도 종무소식이다 보니 전면 광고를 통해 담용으로 하여금 접선을 강제하고 있는 것이다.

'쯧, 마치 부모님에게 야단맞는 철부지가 된 기분이군.'

광고 아랫단을 살피니 연락처와 담당자 이름이 적혀 있었다.

'엥? 구동진 요원이 왔다고?'

기실 딜러 담당자 이름은 '신서가'였다.

이름이 좀 이상했지만 일본 사람들로서는 신경도 안 쓸 것이니 상관없지 않은가?

근데 '신서가'가 왜 '구동진'이냐면 '신'을 '구'로 '서'를 '동'으로 '가'는 '진'으로 짜 맞추게 되어 있어서다.

이는 일본 내각정보조사실에서 국정원 요원들을 대부분 파악하고 있다는 전제하에 이루어진 암어였다.

'구동진 요원이 일본어에 능통해서 파견된 거로군.'

아무튼 접선책이 구동진이라면 속히 연락을 취해야 했다.

예감이지만 급하게 연락받아야 할 사안이 있을 것 같아서였다.

'쩝, 쓸데없는 짓을 했다고 온 건 아닌지 모르겠군.'

담용이 주머니를 다 뒤져 휴대폰을 찾았지만 그 어디에도 없었다.

'뭐야? 없어졌나?'

급한 마음이 든 담용이 커피도 다 마시지 못하고 바쁜 걸음으로 병실로 향했다.

때마침 곁을 지나는 간호사가 있어 물었다.

"회진은 몇 시죠?"

"10시부터 시작해요."

"고마워요."

이제 겨우 7시 30분이니 회진까지는 아직 시간의 여유가 있었다.

'그동안 프라나를 깨워야겠군.'

스르륵.

'웃! 냄새.'

문을 열자마자 훅 끼쳐 오는 기묘한 냄새가 코를 실룩거리게 했다.

막 식사를 끝낸 흔적이었다.

조금 전 친절하게 응대해 줬던 사내와 눈이 마주쳤다.

눈웃음으로 응대해 주고는 조용히 침상으로 향했다.

그러다가 창문 너머로 본 글귀에 담용의 움직임이 거짓말처럼 멈췄다.

이어 인상을 찌푸릴 대로 찌푸리는 담용이다.

'오쿠라 기하치로…….'

내심으로 조용히 뇌까리는 담용의 눈에 들어온 금빛 돋을새김의 글귀는 이랬다.


The Okura, TOKYO


'원수는 외나무다리에서 만난다더니 딱 그 짝이로군.'

그렇지 않아도 방문할 생각이었는데 마침 잘됐다 싶었다.

오쿠라호텔이야 관심이 없지만 건너편에 있는 오쿠라 집고관은 문화재의 보고였기에 그냥 넘어갈 수 없었다.

오쿠라 기하치로는 한때 일본 5대 재벌 중 하나였다.

한국인의 감정으로 본다면 문화재 수탈자요, 일본인의 감정으로 보면 오쿠라 그룹을 세운 입지전적인 인물로 학교와 박물관 설립에 노력한 선각자로 평가된다.

'선린상업고등학교의 설립자이기도 하지.'

사실 한국의 학교들 중에 일본인이나 친일파가 설립한 곳이 제법 되긴 했다.

담용의 시선이 도로 건너편으로 향했다.

'미 대사관.'

아직은 새로 지을 생각도 않는 오래된 건물로, 세월의 흔적이 덕지덕지 묻어나고 있었다.

담용의 시선이 오늘의 목표가 된 오쿠라 집고관으로 옮아 갔다.

일본 최초의 사립 박물관인 오쿠라 집고관(集古館).

오쿠라가 한반도를 수십 차례나 오가면서 조선총독부와 짜고 문화재를 닥치는 대로 끌어모은 덕에 설립하게 된 개인 박물관이었다.

조선 왕실의 유물이 대거 보관되어 있었는데, 관동대지진으로 모두 소실됐단다.

지금의 집고관도 새로 지은 것이고.

'호텔 앞에 고려 초기의 5층 석탑이 있다고 했는데…….'

불행히도 여기서는 볼 수가 없었다.

'외국의 귀중한 문화재를 불법으로 가져가 문화 사업을 해?'

이건 명백한 사기 범죄다.

'오냐, 이자까지 붙여서 몽땅 털어 주지.'

그 전에 먼저 할 일이 있었다.

"나카타 상, 뭘 그리 보고 있소?"

"아, 오쿠라호텔이 보이는 걸 보니 여기서 잇초메역이 가까운 것 같아서요."

"하핫, 잇초메역이라면 5분 거리에 있지요."

"집 근처에도 병원이 있는데 멀리도 왔네요."

"그때 부상자가 많았다고 들었소. 아마 병실이 없어서 여기까지 흘러왔을 거요."

"아, 그 말이 맞겠네요."

적당히 응대해 준 담용이 침상 주변을 살피며 자신의 소지품을 찾았다.

'내 휴대폰을 어디다 뒀나?'

대부분의 물건들이야 나디에게 보관시켰지만 신분 확인과 연락처가 필요할 것에 대비해 여권과 휴대폰은 주머니에 넣어 놨었다.

근데 그게 지금 보이지 않았다.

'아!'

벽에 부착된 물품 보관대가 눈에 띄어 얼른 열어 보았다.

'여기다 뒀군.'

투명 비닐 봉투 안에 지갑과 여권 그리고 휴대폰이 같이 들어 있었다.

급한 대로 휴대폰만 꺼낸 담용이 재빨리 손가락을 놀려 문자를 전송했다.

통화는 불안전한 면이 있었기에 문자가 더 안전해서다.

–2001년형 산타페 100% 옵션 차량 구입할 수 있나요?
–넵. 고객님, 당장이라도 가능합니다.

답장이 엄청 빨리 날아들었다.

'풋! 휴대폰만 쳐다보고 있었나?'

–고객님, 방문하시겠습니까, 아니면 모시러 갈까요?
–아무래도 견품을 봐야 하니 직접 방문하는 게 좋겠지요.
–당연합니다. 고객님, 언제쯤 방문할 수 있습니까? 편한 시간에 모시러 가겠습니다.
–시간은 이따가 점심 식사 때쯤이고요. 영업소 위치를 알고 있으니 제가 직접 찾아가도록 하지요.
–아, 기다리겠습니다. 감사합니다.

부지런히 손가락을 놀리던 담용이 휴대폰을 머리맡에 던져 두고는 피곤하다는 듯 하품을 연방 해 댔다.

그러곤 곧장 침상에 올라 드러눕더니 담요를 머리까지 덮어썼다.

'흠, 프라나를 깨우기 전에 버르장머리부터 고쳐 놔야겠어.'

매번 상전처럼 구는 게 아니꼬워서라도 오쿠라 집고관을 터는 것을 잠시 미뤄야 했다.

기실 또 하나의 벽을 깨고 보니 세상이 우습게 여겨질 정도로 모든 게 손안에 있는 기분이라 뭐라 표현하기도 어려울 지경이었다.

'후읍! 후우…….'

심호흡을 했다.

프라나 이놈이 제법 만만치 않은 녀석이라 각오를 다져야 했다.

담용은 두 번 세 번 더 심호흡을 한 후, 프라나를 호출했다.

-프라나.

-…….

-어이! 프라나!

-…….

-마! 일어나라고! 내 의념을 못 느껴!

-주……인……님.

-엉? 주인……님?

-네.

'주인님이라니! 얘가 제정신이야?'

-뭐야? 너…… 회까닥했어?

-아니요.

-그럼 갑자기 거⋯⋯. 존댓말은 뭔데?

-전 제자리를 찾아온 것뿐인데요?

-아니, 너 조금 이상해.

짚이는 게 있었지만 담용은 계속 채근하며 몰아 댔다.

-갑자기 왜 그러는 건데? 솔직히 이실직고해 봐.

-⋯⋯.

-어서!

-주인님, 곧 알게 될 겁니다.

-알긴 내가 뭘 알아? 마! 그냥 하던 대로 해! 무지 어색하
단 말이야.

-안 돼요. 절대로요.

-그럼 이유라도 알려 줘야 할 것 아냐?

-⋯⋯.

-너⋯⋯ 나 화낸다.

부르르르.

'얼라?'

담용은 짐작하고 있던 바를 슬쩍 드러냈다.

-너⋯⋯ 내가 더 강해진 거 느끼고 있지?

-네.

-혹시⋯⋯ 이유가 그 때문이야?

-⋯⋯네.

-고작 그걸로 네가 유순해졌다고? 그걸 믿으라고?

-주인님은 업그레이드되셨습니다.

-업그레이드라니?

-앱설루트 상급의 경지에 드셨다고요.

-엉? 앱설루트 사, 상급이라고?

-네, 틀림없이요.

'아무리 그래도 그 정도 경지까지 도달했을라고.'

그러나 아직도 꿈인 듯 현실인 듯 경계가 모호한 면은 있었지만 경지가 한 단계 더 올라선 느낌만큼은 또렷했다.

그렇다 해도 중상급도 과한 경지라 여길 판국에 상급의 경지라니.

프라나가 확신하니 안 믿을 수도 없고.

-근데 그게 뭐 어쨌는데?

-주인님은 이제…….

-자꾸 꾸물댈 거지?

-아뇨.

-그럼 빨리 털어놔.

-네. 주인님은 이제 저를 언제든 소멸시킬 수 있어요.

-그래서 겁이 났다?

-네.

일말의 변명도 없이 시인하다니.

-그렇게 겁을 낼 걸 왜 경지가 오르도록 내버려 뒀냐?

-이렇게 빨리 경지에 이를 줄 몰랐어요.

-언젠가는 오를 거잖아?

-노력은 가상하지만 평생 힘들 걸로 알고 있었거든요.

-상급이 그 정도라고?

-네.

-중급은?

-거기까지는 제 통제가 가능해서 올라도 상관없었어요.

-상급은 불가능하고?

-네, 상급 이상은 제 능력 밖에 있는 능력이라…….

-구체적으로 뭐가 다른데?

-이제부터는 예전과 달리 주인님의 생각을 읽을 수가 없어요.

-어째서?

-접근할 수 없게 배리어가 자동으로 가로막고 있거든요.

-그럼 전두엽도 못 뒤지겠네?

-전두엽에 접근했다간 자동 방어 시스템에 의해 소멸될 수도 있어요.

'당최 뭔 말인지…….'

아무튼 그 정도로 만만치 않다고 하니 기분은 나쁘지 않았다.

아울러 시종 도도하던 프라나가 지레 꼬리를 내리니 담용으로서도 싫을 리가 없었다.

-아직 익숙지 않아서 서툰 점이 있을 테니 궁금한 건 뭐든 다 물어보세요.

-알았다.

-그리고 이제부터는 일부러 의념을 전하려 하지 않더라도 그냥 생각만 하시면 의사소통이 가능하니 굳이 애쓸 필요가 없어요. 물론 주인님이 의식을 열어 주신 상태에서만 제가 확인이 가능해요.

-엉? 그게 정말이야?

-……네.

-그 이유가 상급 경지에 들어서냐?

-네, 주인님이 느끼지 못하는 사이에 심신 개조가 이뤄진 결과죠.

-엉? 그럼 내가 환골탈태 같은 걸 했다는 거야?

-그런 건 모르고요. 프라나가 아는 건 주인님의 뇌하수체가 활성화됐다는 거예요.

-엉? 그, 그럼 내가 12차크라를 열었다는 거야?'

-맞아요. 마침내 가슴 차크라를 연 거죠.

'아! 비, 빛의 몸!'

경악한 가운데 담용이 내심 소리를 질렀다.

이건 책자에서 본 순서대로 읊은 것이다.

-빙고!

'뇌세포 개방!'

-엑설런트!

이런 이유로 프라나가 전두엽을 건드리지 않으려 한 것이다.

'그럼 어디…….'

담용은 프라나와 의념으로 소통할 때마다 은근히 신경이 쓰였던 것은 맘속의 생각이 읽힐 것을 저어했기 때문이었다.

사실 그건 엄청난 스트레스였다.

그래서 당장 실험하고 싶었다.

이건 프라나가 섭섭해도 어쩔 수 없는 일이었다.

담용이 의식을 연다는 생각과 함께 프라나를 불렀다.

'프라나.'

의념이 아닌 그냥 '프라나'란 단어를 생각만 했다.

-네, 주인님.

'오호, 이게 되네. 어디…….'

담용의 실험은 계속됐다. 이번엔 의식을 닫고 생각을 해보았다.

'프라나, 이 나쁜 자식. 그냥 확 소멸시킬까 보다.'

-…….

'진짜 반응이 없네?'

이전 아니 3일 전만 해도 용수철처럼 당장 반발해 왔을 녀석이 묵묵부답이다.

느낌상 일부러 그러는 건 아닌 것 같다. 그럴 이유도 없다.

-프라나.

-네, 주인님.

-그래, 진즉에 이랬으면 좋았잖아?

-제발 소멸만은 시키지 말아 주세요.

-내가 널 소멸시켜서 뭔 좋은 일이 있겠어?

-주인님은 절 소멸시켜도 다른 프라나를 생성시킬 수 있는 능력을 갖추고 있어요.

-뭐? 그게 정말이야?

-네. 전…… 세상에 남고 싶어요.

'으흐흐흣, 이게 웬 횡재란 말이냐?'

프라나가 솔직해져도 너무 솔직해져서 의심스러울 정도다.

-프라나, 하나 물어보자.

-말씀하세요.

-그렇다면 제2, 제3의 프라나를 계속해서 소환할 수 있단 말이지?

-네, 하지만 기존의 프라나가 소멸돼야만 다른 프라나를 생성시킬 수 있어요.

-어? 그래?

-네, 설사 중복 생성이 가능하다고 해도 상급 경지의 차크라 양으로는 감당할 수가 없어요.

'쩝, 욕심을 좀 부려 보려고 했더니…….'

-흠, 알았다.

구관이 명관이란 말도 있으니 지금의 프라나를 소멸시킬 필요는 없을 것 같다.

소금에 절여진 배추처럼 기가 팍 꺾인 데다 담용의 대하는 태도도 나긋하니 불만은 없었다.

뭐, 더 두고 볼 일이긴 하지만 말이다.

─프라나, 전쟁이 터지게 생겼다.

─어? 그거 불구경보다 재미나는 거잖아요? 어딘데요?

'이 녀석! 뭔 개떡 같은 소리야?'

제 버릇 개 못 준다더니 덜렁거리며 앞서나가는 건 여전한 것 같았다.

─마! 일본이 네 주인님의 나라로 쳐들어온다는데 뭐가 좋다고 호들갑이야?

─에? 그런 거였어요?

전쟁이란 말에 급반색하던 프라나가 담용의 꾸중에 정신이 화들짝 들었는지 금세 풀이 죽었다.

'호오, 이거 괜찮은데?'

이전 같았으면 바락바락 악을 써 대며 대들었을 프라나를 생각하면 엄청 낯선 기분이었다.

─근데 주인님이 걱정하는 게 뭔데요?

─당연히 네 주인님의 나라가 힘이 약하니 그러는 거지.

─아!

'그러니 전두엽을 좀 뒤져 봐.'

─예에?

─전두엽을 뒤져 보라고. 왜 약한지를 알아야지.

―그건 곤란해요.

―아니, 왜?

―자체 방어력이 생성돼서 뚫을 수가 없어요.

―내가 허락하는데도?

―네.

'엥? 그렇게 되면 엄청 골치 아픈 일인데…….'

그럴 것이 담용 자신이 일일이 기억해 내야 하는 일이라 여간 귀찮지 않다.

'하! 상급 경지에 이르러 외려 이런 불편한 면이 있을 줄이야.'

담용의 얼굴에 실망의 빛이 어릴 때 프라나가 불렀다.

―주인님.

―응?

―걱정하실 필요가 없어요.

―그건 또 뭔 소리야?

―주인님이 찾고자 하는 지식을 떠올리면 전두엽에 저장된 기억을 자동적으로 알게 되거든요.

―어? 그, 그래?

이게 웬 황재냐?

담용이 허락해야만 기억 저장고가 전이될 수 있다니 말이다.

―네.

'하하핫, 그럼 그렇지. 경지가 올랐다면 그만한 보상이 따

라야 하는 것이 당연한 거지.'

담용은 그 즉시 일본 3함대가 위치하고 있다는 마이즈루를 떠올렸다.

순간, 살짝 두통이 느껴졌다가 이내 사라졌다.

곧 기분 좋은 간질거림이 잠시 이어진다 싶더니 불현듯 눈앞에 마치 가상 화면을 보는 듯이 자료가 주르르 나타나는 것이 아닌가?

위치 : 일본 혼슈 교토부 북부
인구 : 80,721명
면적 : 342.12㎢

−스톱!

화면이 딱 정지됐다.

−이런 거 말고 마이즈루 제3호위대군 전력에 관한 건만 요약해서 나열해 줘. 아, 병력은 놔두고 실질적인 함대 전력만 알려 줘.

속으로 뇌까린 담용이 이내 아차 싶은 생각이 들었다.

원하는 내용을 떠올리기만 하면 되는 일인데 습관처럼 말하듯 중얼거려 버린 것이다.

한데, 우려와는 달리 전혀 상관없다는 듯 가상화면에 원하는 내용이 주르르 올라오는 것이 아닌가?

'헐!'

일본 해상자위대 각 호위 함대 기본 편제 : 기함 1척, 구축함 8척, 대잠헬기 8척.
-2000년 현재 제3호위함대(마이즈루) 현황
함대기함 : DDG-177 아타고
호위 함대 : DD-126 하마유키, DD154 아마기리 등
잠수함 : SS OYASHIO Class(배수량 3,600톤) - 2척
SS HARUSHIO Class(배수량 2,800톤) - 2척
SS YUUSHIO Class(배수량 2,500톤) - 1척

'끄응, 이건 뭐……. 아예 잽이 안 되네.'
해군 출신이 아니다 보니 전부 이해하는 건 아니었지만 기함이니 구축함이니 대잠헬기니 배수량이니 하는 용어 정도는 알고 있기에 탄성이 절로 나왔다.
그조차도 잠수함 전력을 뺀 게 그랬다.
더불어 대한민국을 생각하니 해군 전력에 대해 해박하지 않은 담용조차도 단박에 전력 차가 어떤지 확인이 됐다.
열세. 그것도 엄청난 격차의 열세였다.
거기에 담용을 절망케 하는 것은 'DDG-177 아타고'가 이지스함이라는 것이다.
해상 전력을 구축해야 하는 국가라면 반드시 갖추고 싶어

하고 욕심을 내는 전력 기함이 바로 이지스함이었다.

오죽이나 막강했으면 '신의 방패'라 불릴까?

이지스함은 이지스라는 시스템을 통해 한 척의 전함으로 다수의 잠수함이나 전투기, 미사일 등을 제압할 수 있어 현대의 중요 전략무기로 평가받기 때문이었다.

그에 반해 한국은 어떤가?

2000년인 현재 이지스함 건조를 꿈도 못 꾸는 상황이었다.

'에혀, 2007년에 가서야 겨우 세종대왕함이 진수되니 원……'

일시에 맥이 쭈욱 빠져나가는 기분이었다.

─주인님, 뭐 때문인지는 몰라도 힘을 내세요.

─어? 그, 그래.

─파이팅!

─어, 고맙다.

'쩝, 도도했던 녀석이 갑자기 살갑게 구니 엄청 어색하네.'

적응도 잘 안 되고.

'일단 퇴원부터 하고 보자.'

─아, 그 전에 마이즈루라는 곳이 어디에 있는지를 알아봐야겠다.

─주인님, 마이즈루는 왜 찾는데요?

─응, 좀 손봐 놔야 할 게 있어서 그래.

─손을 본다는 의미는 고쿄나 도쿄시청처럼 부숴 놓는 거죠?

- 뭐, 그렇다고…… 봐야지?

그 정도로 끝낼 생각이 없는 담용은 아주 박살을 내 놓을 작정을 한 상태였다.

적어도 20년은 후퇴하게 할 생각이었다.

'흥! 기대해도 좋아.'

- 그렇다면 어려울 게 없을 것 같네요.

- 어려울 게 없다니!

- 주인님은 지금 자신의 능력이 어떤지 정확하게 알지 못하고 있어요. 일단 그것부터 확인하길 권해요.

- 쯧, 나도 그건 아는데……. 이봐, 여긴 병원이라고. 그러니 시뮬레이션은 나중에…….

- 시뮬레이션은 반드시 필요하니 언젠가는 해야겠지만, 당장은 어려우니 일단 얘기를 먼저 해 드리지요.

- 어, 말해 봐.

- 상급의 경지라면 이전의 능력보다 적어도 열 배 이상 업그레이드됐다고 보면 돼요.

- 헉! 여, 열 배라고!

- 네, 그것도 최하로 잡은 거라 정확하지 않아요.

'헐-!'

초능력이 열 배 이상 상승했다니 쉬 믿기지가 않았다.

초급의 경지였을 때도 적수를 찾기 어려웠는데, 그 열 배인 상급의 경지라면 상상하기 어려웠다.

'혹시 신의 경지에 다다른 건 아닐까?'

문득 떠오른 것이었지만 적어도 프라나의 표현대로라면 헛공상만은 아니란 생각이 들었다.

-열 배라는 근거는?

-정확한 근거가 되는 표본은 없어요. 단지 중급이 초급의 열 배 위력이고 상급 역시 그러리라는 짐작이죠.

-짐작이라고?

-그럴 수밖에요. 그런 경지에 닿았던 사람은 성자 영감님이 유일했으니까요. 하지만 성자 영감님은 단 한 번도 경지를 드러내는 일이 없었죠. 그래서 최하로 잡은 거라고 말한 거예요.

-……!

'프라나 말대로라면 열 배 이상일 확률이 100%군.'

이유는 중급이 초급의 열 배이니 이보다 더 높은 경지라면 같은 잣대로 잴 수 있는 성질의 것이 아니어서다.

'이렇게 되면 다른 능력들도 범상치 않게 됐다는 뜻인데…….'

담용은 어떤 식으로든 시험을 해 봐야 실감이 날 것 같아 프라나에게 물었다.

'아, 그 전에…….'

-프라나, 나디는 어딨어?

-네…… 풀어 줄게요.

'엉? 풀어 준다니…….'

울렁울렁.

아주 익숙하면서도 그토록 원했던 울렁거림이 정수리에서 느껴졌다.

-주인님.

-어?

프라나의 의념과는 또 다른 색채의 의념이 담용의 뇌리를 뒤흔들었다.

-나, 나디?

-우히히힛, 주인님.

-으아! 나디! 너도 이제 의념을 전달할 수 있게 됐구나.

상급의 경지에 드니 만사가 해결된 기분이었다.

-예. 반갑습니다, 주인님.

-그, 그래.

그러고 보니 같은 의념이라도 프라나는 여우 같은 성격인데 반해 나디는 돌쇠 같은 성격의 색채를 띠고 있는 느낌이었다. 아무튼 무지하게 반가웠지만 프라나가 의식된 담용은 애써 자제를 했다.

-프라나, 나디의 능력은 어때?

-저와 비슷해요.

-진짜?

-네.

'호오, 그렇단 말이지.'

-하면 프라나가 둘인 셈이냐?

-그렇게 여겨도 무방해요.

-서열은?

-주인님이 상급의 경지에 든 지금은 서열이 의미가 없어
졌어요.

-그래? 하면 프라나와 나디의 차이점은 뭐지?

-태생적으로 저는 전투에 특화됐고 나디는 보급과 보관
같은 보조 업무에 특화되어 있어요.

-서로 도와줄 수는 있고?

-완전 동기화는 어렵지만 일정 부분은 가능해요.

-이를테면?

-나디가 모종의 임무를 맡는다고 했을 때, 힘이 달릴 경
우 도와줄 수 있어요. 그리고…….

-……?

-나디의 사고력이…… 그러니까 아이큐가 90 정도밖에
안 돼요.

-왜 그렇지?

-그동안 노예처럼 단순한 일만 해서 그래요. 그래서 능력
밖의 일은 어느 정도 익숙해질 때까지 이끌어 줘야 해요.

'쩝, 결국 당분간은 프라나의 기감 내에 있어야 가능하다
는 말이군.'

담용의 기색을 눈치챘는지 프라나가 의념의 전했다.

─근데 굳이 제가 도와줄 필요가 없을 정도로 나디도 강해져서 그리 오래 걸리지 않을 거예요.

─아!

'맞아, 나디가 프라나의 능력에 버금간다고 했지.'

그러고는 퍼뜩 든 생각은 바로 오쿠라호텔의 집고관에 있는 문화재였다.

'이건 머뭇거릴 이유가 없지.'

─프라나, 나디의 공간은 어때?

─엄청 확장됐어요.

─규모는?

─그건 저도 가늠이 안 돼요.

'큭! 역시…….'

그만큼 확장됐다는 게 아니겠어?

─나디?

울렁울렁.

─옙, 주인님.

─이따가 밤에 오쿠라호텔의 집고관에 있는 문화재를 다 털어 와.

─예엡!

─프라나, 이 정도는 걱정할 것 없겠지?

─제 생각엔 일본의 문화재를 다 털어도 충분할 것 같아

요.

'으흐흐흣.'

담용은 뿌듯해하며 보풀웃음을 흘렸다.

—그리고 제3호위함대를 궤멸시키고 싶은데, 방법이⋯⋯
없겠냐?

—그건 고민거리도 되지 않는 일인데요?

—에? 그게 무슨 말이야?

—주인님, 분신들을 사용하면 간단하잖아요.

—S1을 말하는 거냐?

—네, 걔네들도 덩달아 업그레이드됐거든요.

—하면 어떻게⋯⋯?

—정확한 지도만 있으면 돼요.

—지도?

—대신 S1의 희생은 어쩔 수 없어요. 인명도요.

'뭐, 그거야 전쟁이니 어쩔 수 없지.'

어느 정도의 인명이 희생돼야 일본도 주춤할 게 아니겠는
가?

태평양전쟁 때야 인명 경시 풍조가 만연했었더라도 지금
은 21세기가 바로 코앞이다.

더구나 북한에 납치된 국민들 목숨까지 걱정하며 송환을
요구하는 등 자국민의 안전을 살뜰히 살피고 있는 것이 현재
일본의 정서다.

-어떤 식으로 나타나지?

-소멸시킬 겁니다.

-내 대미지는?

-그 문제는 장담할 수 없어요.

-흠, 나와 S1과의 최대 연결 거리는?

-가까울수록 위력이 더 크고 범위도 넓겠지만, 단순 소멸
의 경우라면 대략 반경 4백 km 정도?

'헉! 4백 km!'

-호오, 그거 괜찮네.

4백 km라면 의심을 살 이유도 없고 수사 범위에도 들지
않을 거리다.

-주인님, 대략 계산한 거예요. 분명한 것은 프라나도 주
인님의 능력을 전부 알 수 없다는 거예요.

-오키, 감안하마.

-또 한 가지 놀라운 게 있어요.

-응? 그게 뭔데?

-주인님이 공간 이동을 할 수 있게 됐다는 거예요.

-공간…… 이동?

-네, 자세한 건 더 살펴봐야 해서 지금은 거기까지만 알
고 계세요.

-뭐, 그건 그렇다 치고……. 공간 이동이면 내가 마음은
대로 다른 곳으로 이동할 수 있다는 거지?

─네.

'으ㅎㅎㅎ훗.'

담용이 만족한 웃음을 입가에 머금었을 때, 중후한 음성이
그를 깨웠다.

"나카타 상, 몸 상태는 어떤가요?"

"아, 괘, 괜찮은 것 같습니다."

눈을 떠 보니 흰 가운을 입은 의사다.

'아, 회진.'

"어디 눈을 좀 볼까요?"

담용이 눈을 희뜩 뜨자, 의사가 까뒤집더니 말했다.

"아주 좋네요. 이번엔 혓바닥을 좀 보죠."

이어 혀를 살피더니 고개를 끄덕였다.

"맥박, 체온, 혈압 전부 정상이고 외상도 약간의 생채기뿐
이니 원하신다면 퇴원도 가능합니다만…….."

거절할 이유가 없는 담용이 얼른 대답했다.

"아, 그렇지 않아도 할 일이 밀렸는데 잘됐네요."

"하핫, 지옥유령을 만났는데 이 정도로 끝났다면 운이 좋
으신 겁니다."

"저도 그렇게 생각합니다."

"유지 상, 퇴원을 도와드리도록 해요."

"하이."

# 담용에게는 계획이 있었다

일본 내각정보조사실.

내각정보조사실은 글자 그대로 해석하면 이렇다.

공안조사청, 경시청, 방위성 등에서 취합한 정보를 분석 조사하는 부서였다.

또한 세계 각국에 파견된 상사원이나 주재원 들이 물어다 주는 정보 역시 어마어마했다.

타, 타타, 타타타, 타탁.

키보드 소리만 들리는 가운데 도합 72개의 모니터에서 실시간으로 정보를 수신하고 있는 상황실은 긴장 속에서 바쁘게 돌아가고 있었다.

두 발을 어깨넓이로 벌리고는 팔짱을 낀 채, 모니터를 예리하게 훑던 오카다 쇼지가 뻐근해진 목을 한 번 돌리더니 입을 열었다.

"무라야마, 어떤가?"

"아직 특별한 내용은 없습니다."

"대사관과 영사관은?"

"요 근래에 통신이 극도로 줄어들었습니다. 한국으로의 통화도 거의 없습니다."

"흠, 거류민단 쪽은?"

절레절레.

"한인엽합회와 조총련도 움직임이 전혀 없습니다."

"흠, 그럴 리가 없을 텐데……."

잠시 턱을 매만지던 오카다 쇼지가 말했다.

"바보가 아닌 이상 우리가 도청하고 있다는 것을 알 거다. 그러니 중국과 미국을 통해 전달할 수도 있으니 그쪽 통로를 강화해서 감시하도록."

"하잇! 도모에!"

"하이! 통신위성 6, 7호를 중국과 미국으로 할애해!"

"하이!"

"실장님!"

"다무라, 무슨 일인가?"

"H자동차 신주쿠 지점에 손님이 들었습니다."

"그래?"

빠른 걸음으로 다가간 오카다 쇼지가 본 모니터에 웬 청년 하나가 들어가고 가게 앞을 쓸고 있던 종업원이 급히 뒤따라 들어가는 장면이 눈에 들어왔다.

다케시마를 탈환하겠다는 정부의 발표가 있자마자, 한국 기업의 대부분 지사들은 내각정보실의 감시하에 두고 있는 실정이었다.

"확실히 손님 맞아?"

"그건 아직……."

"뒤로 돌려서 확대해 봐."

"하이."

"젊은 친구로군. 일본인 같지?"

"핸섬한 게 전형적인 본토인 같은데요?"

"저 직원 프로필을 말해 봐."

"잠시만……. 아, 이름은 신서가이고 주재원으로 근무한 지는 2개월 조금 넘었습니다."

"2개월?"

"H자동차에서 파견되는 직원들은 순환 기간이 짧은 편입니다."

"왜 그렇지?"

"지점장 외에는 대부분이 우리 일본어를 배우기 위해서 파견됩니다."

"지난 몇 년 동안 H자동차가 팔린 적은 없지?"

"단 한 대도 못 팔았습니다. 우리 국산 차보다 형편없다는 걸 모르는 본토인은 없으니까요."

"그런데도 철수하지 않는 걸 보면 오기를 부리는 거겠지."

"제가 듣기로 H자동차 회장이 대단한 똥고집이랍니다."

"푸홋! 어이! 나가이."

"핫! 실장님."

"저긴 누가 담당이지?"

"경시청입니다."

"좋아, 손님이 누군지 알아보고 자세히 보고하라고 해. 그리고 히로이!"

"하이!"

"마이즈루의 제3호위대군의 상황은 어떤가?"

"출동 준비 태세를 끝낸 이후 현재까지는 별다른 징후를 보이지 않고 있습니다."

"좋아, 그대로 쭈욱 가도록."

그때 직원 하나가 문을 열고 들어왔다.

"오카다 실장님."

"카시마, 무슨 일이야?"

"도카이쎄카이에서 연락이 왔습니다."

"지난번 회합 때 다녀왔잖아?"

"모레 저녁 7시에 임시 회합이 있다는 연락입니다."

"아! 독도 침공 때문이로군. 참석한다고 연락해."

"하잇!"

신주쿠역.

역 출구를 빠져나온 담용은 인도와 차도의 구분이 없는 도로에, 발을 디딜 틈도 없이 오가는 사람들을 보고는 잠시 얼이 빠졌다가 곧 걸음을 옮겼다.

그런데 모습이 확 변해 있었다.

전형적인 샐러리맨 차림인 감색 정장에다 서류 가방까지 깔맞춤을 했다.

게다가 훤칠한 체격에 무스까지 발라 광까지 낸 모습은 누가 보더라도 어느 대기업의 촉망받는 사원으로 보였다.

지금은 정오가 가까워 오는 시각이라 외부 출장 중임을 한눈에 알 수 있는 모습이었다.

즉 샐러리맨의 자연스러운 일상인 것이다.

'주황색 건물을 찾으라고?'

찾기 어렵지 않다고 한 탓에 사람들 사이에서 고개를 쭉 들고는 사방을 두리번거렸다.

'아, 저기 있네.'

주황색으로 덧입혀진 건물에 '야후'라 쓰인 간판이 한눈에 들어왔다.

그리 멀지 않았기에 담용은 금세 야후 빌딩 옆 건물 1층에 자리한 'H자동차' 영업소를 찾을 수 있었다.

'어? 구동진 요원이잖아?'

그런데 빗자루로 영업소 앞을 쓸고 있는 모습이다.

가끔 신주쿠역 쪽을 힐끔거리는 것이 담용 자신을 기다리고 있는 듯한 눈치다.

오래간만에 구동진 요원의 얼굴을 본 담용이 피식 웃었다.

'풋!'

담용은 모른 척하고 영업소의 문을 열고 안으로 들어갔다.

오랜만에 든 손님이 반가웠던지 구동진 요원이 얼른 꽁무니를 쫓아 들어왔다.

서둘러 상담실을 찾은 두 사람은 잠시 오늘 날씨가 어떠니 오는데 불편함은 없었느니 하면서 환담을 나눴다.

그러나 이내 구동진 요원은 마음이 급했던지 탁자에 마련된 필기구를 이용해 메모지에 급하게 휘갈겼다.

당연히 도청을 염려한 필담이었다.

담용이 도청 장치를 찾아 제거할 수도 있었지만, 그것은 더 의심을 사는 일이어서 일부러 관여하지 않았다.

-독도 문제를 해결할 방안이 있는지 알고 싶답니다.

다짜고짜 독도를 거론하고 나오는 걸 보면 그만큼 다급하다는 것이 느껴진 담용이 대뜸 고개를 끄덕였다.

대한민국이 당면한 가장 시급한 문제가 일본의 독도 침공 말고 뭐가 또 있을까?

구동진 요원이 필담에 이어 곧장 영업 사원 특유의 너털웃음을 터뜨렸다.

"하하핫, 이게 저희 회사에서 이번 상반기에 출시할 예정인 EF소나타라는 차량입니다."

-예? 해결할 수 있다고요?

"그렇군요. 잘 빠진 것 같네요. 혹시 시승해 볼 수 있겠어요?"

-가능하니 안심하시라고 전해 주세요.

담용은 자신이 쓴 쪽지를 내밀었다.

"그, 그게 아직 신차를 배정받지 못해서……. 카탈로그만……."

-어떻게요?

"흠, 그거 곤란하군요."

-방법은 쪽지에 다 적혀 있어요. 나머지는 뉴스를 보면 알 수 있을 거라고 전해 주세요.

"그렇다면 다시 한번 방문해 주실 수 있습니까? 상품이 도착하는 대로 곧바로 연락드리겠습니다."

-상부에서 지옥유령과 관계가 있는지 물어보라더군요.

"아! 그러면 되겠군요. 그런데 AS 문제는 어떻습니까?"

-제 작품입니다.

"아……. 하하핫. 그건 염려하지 않으셔도 됩니다. 3년간 무상보증이고요. 그 후부터는 실비만 받고 부품 교체와 수리를 해 드리도록 하겠습니다."

-대단하십니다. 존경합니다.

"오오, 그거 매력적이군요. 그런데 가격은 어떻게……?"

-쪽지를 보면 알겠지만, 오늘이라도 당장 특수전대에 출동 준비 태세를 갖춰 놓고 대기하라고 해 주세요.

바인더북

"가격은 옵션에 따라 조금 차이가 납니다만 확실한 것은 동급의 일본 차량보다는 저렴할 것입니다."

-예? 그게 무슨 말씀이신지······?

"어디 가격표를 보죠."

-일본 제3호위대군이 독도로 출발하고 서너 시간이 지난 후에 우리도 미리 대기시켜 놓은 상륙함을 이용해 특수전 부대를 출동시키라고 하세요. 제가 따로 연락을 취하겠지만 중복 보고가 더 안전하니까 말하는 겁니다.

"가격이야 일본 차량들보다는 훨씬 저렴하지요."

-진심이군요.

"저렴한 게 중요한 게 아니라 차량 성능이 문제지요."

-일본 해군이나 공군은 걱정할 필요가 없다고 하세요. 제가 어느 정도 전력을 줄여 놓을 테니까요. 단지 공군 전력에 대해 위치를 알았으면 하는데······.

이건 이곳으로 오면서 즉흥적으로 생각했던 부분이었다.

거기에는 프라나가 담용을 떠받들고 들쑤신 것이 크게 작용했다.

그렇다고 유치원생처럼 춤만 추어 댄 건 아니었다.

바로 공간 이동을 할 수 있다는 자신감의 영향이 컸다.

아직은 미심쩍은 곳이 없지 않지만 프라나가 연구를 해 본다고 하지 않는가?

프라나를 전적으로 믿는 것은 소울메이트이기도 하지만 없는 능력을 있다고 하지는 않기 때문이다.


-그러기 위해서는 연락할 수단이 필요합니다.


그 말을 기다렸다는 듯이 구동진 요원이 휴대폰을 내밀었다.


-도감청 방지 시스템이 장착된 전화기입니다. 연락 가능한 번호만 저장되어 있습니다.

-필요했던 건데 잘됐네요.


"가성비가 탑급에 속하지요."


-잘됐네요. 들은 내용은 그대로 전하지요.

"흠, 가성비는 마음에 드는군요."

　-이번 기회에 일본에게 제대로 한 방 먹이는 겁니다. 미국이
딴죽을 걸지 모르니 그 부분은 외교력을 발휘해 보라고 하세요.

　담용의 마음 같아서야 미국이라도 마음에 안 들면 나사 기
지나 펜타곤 정도는 날려 버릴 생각도 있었다.
　물론 마음만 그렇다는 거다.
　솔직히 미국이 뒤에서 일본을 밀어주다 보니 상대적으로
대한민국이 소외되고 있는 건 사실이었으니까.
　그럴 수밖에 없는 이면에는 일본은 미국을 전적으로 믿고
따르는 푸들이지만 한국은 여차하면 치받는 변수가 껄끄럽
기 때문이었다.
　"하하핫, 그럴 줄 알았습니다."

　-김창식 요원은 어딨죠?
　-담당관님을 뒤따르다가 놓쳤답니다. 지금은 밖에서 경계를
서고 있습니다.
　-왜요?

　"알겠습니다. 가격이 제 예산에 맞으면 긍정적으로 생각
해 보지요."

-역대로 한일 관계가 껄끄럽게 되면 경시청에서 이쪽을 감시하게 되어 있는 매뉴얼 때문이지요.

끄덕끄덕.
담용이 고개를 끄덕이는 이유는 충분히 예상할 수 있는 일이기 때문이다.
상사원들도 얼마든지 블랙요원으로 활용할 수 있도록 훈련되어 있는 경우가 많기 때문이었다.

-앞으로는 뒤따르는 것은 그만두세요.
-알겠습니다.

하기야 초능력자를 뒤따르면서 서포트한다는 것이 쉬운 일이 아니어서 구동진 요원은 쾌히 수긍했다.
"카탈로그를 좀 살펴볼게요."
"얼마든지요."

-국내의 분위기는 어떻습니까?
-반일 감정이 팔죽 끓듯 들끓고 있습니다.

보지 않았어도 짐작이 되는 일이었다.

－일본 대사관의 유리창은 이미 죄다 박살 났고요.

반일 감정이 극도로 팽배해 있다는 반증이었다.

－혹시 미국 측의 반응은 있었습니까?

설레설레.

－그게 좀 애매합니다.
－애매하다니요? 협조는 구해 봤대요?
－우리나 일본이나 모두 방위 협정 대상 국가라 크게 도움이
되지 않을 거라 여기는 분위깁니다.

'이건…… 명백히 유리한 쪽에 손을 들어 주겠다는 뜻이
군. 아, 아닌가? 이미 일본으로 기운 듯한데?'
담용은 거의 확신했다.
원래 자국의 이익과 크게 부합되지 않으면 같은 동맹국이
라도 차별을 두는 게 미국이다.
일본에 비하면 한국이 크게 불리한 입장.
왜냐면 미국의 우선 대상 혈맹국이 영국, 캐나다, 호주,
뉴질랜드 그리고 일본이기 때문이다.
'이거…… 정말 펜타곤을 날려 버려야 할지도 모르겠군.'

-가능한 빨리 움직이겠다고 보고하세요.

-현재로선 그 말을 가장 반가워할 겁니다.

"이 카탈로그는 제가 가지고 가도 되겠지요?"

"무, 물론입니다, 하하핫."

일부러 크게 웃어 젖힌 구동진 요원이 반듯하게 접힌 종이를 담용 앞으로 밀었다.

"……?"

-제3호위대군을 비롯한 일본 해군 전력에 대한 군사지도입니다. 필요할 것 같아 준비해 봤습니다.

'오호, 그렇지 않아도 필요했는데……. 하긴 이 정도 눈치는 있어야 국정원 요원이라 할 수 있지.'

"잘 알겠습니다. 차량은 언제쯤 도착할 것 같습니까?"

"빨라도 3주 정도는 걸릴 겁니다."

"급한데 더 빨리는 안 됩니까?"

-아참! 그리고 어디든 상관없으니 사람들의 접근이 어려운 지역에 대형 창고를 몇 개 수배해 놓으라고 하세요. 입이 무거운 경계 병력도요.

바인더북

"시일을 최대한 당겨 보겠습니다."

　-용도는요?

"차량이 도착하면 꼭 연락 주세요."

　-강탈당했던 우리 문화재와 일본 문화재, 중국, 그 외 동남
아 각국 문화재 임시 보관소용입니다.

"당연한 말씀을요."

　-헐! 그 정도면 숫자나 규모가 어마어마할 텐데요.
　-그 밖에 다른 예술품들도 꽤 많을 겁니다.

　사실 담용도 나디가 어디까지 쓸어 올지 모르는 판국이라
대충 얘기할 뿐이었다. 담용의 엄청난 배포에 잠시 말문이
막혔던 구동진 요원이 얼른 글을 적어 나갔다.

　-창고야 그렇다 쳐도 운반은 어떻게……?
　-그건 제가 알아서 할 겁니다. 쥐도 새도 모르게요.

　두 사람은 이후로도 대화를 나눔과 동시에 꽤 많이 수기로

얘기를 나눴다.

　　─구 요원도 서둘러 귀국하세요. 가서 뵙죠.

"이제 가 봐야겠어요."
　지도와 휴대폰을 상의 안주머니에 넣은 담용이 빙긋 미소
를 지으며 악수를 청했다.
　꽉.
　담용은 손아귀에 힘을 주는 것으로 구동진 요원의 노고에
대한 인사를 대신했다.
"거래가 꼭 이루어졌으면 좋겠군요."
　구동진 요원도 화답하듯 손아귀에 힘이 들어갔다.
"이만 가 보겠습니다."
"예, 또 뵙지요."
　구동진 요원은 연락을 자주해 달란 말 같은 것은 하지 않
았다.
　그런 말을 하지 않더라도 담용의 표정에서 '아차!' 했던 기
색이 역력했기 때문이었다.

"모모?"

─이수 씨! 도대체 어떻게 된 거예요? 연락 한 번 없이…….

 많이 화가 난 듯한 모모아야의 질책성 어린 어투에 담용은 괜히 머쓱해졌다.

 '쩝, 닷새 동안 연락이 없었으니…….'

 화가 날 만도 했다.

 게다가 의뢰까지 받아 놓고는 달랑 언질만 줘 놓고 꼬리를 말고 사라져 버린 셈이 되었으니 입이 열 개라도 할 말이 없다.

 "아, 죄송해요. 고쿄가이엔에 나타난 지옥유령의 공격에 정신을 잃었다가 조금 전에야 깨어났소."

 ─어머! 어머머! 마, 많이 다친 거예요?

 목소리만으로도 화들짝 놀라는 표정이 그려졌다.

 "사흘 동안 정신만 잃었지 다행히 외상이나 별다른 후유증은 없는 상태요."

 ─저도 뉴스에서 들었어요. 고쿄가이엔에서 아침 운동을 하던 사람들이 다쳐서 병원으로 이송했다는 소식요. 근데 그 사람들 중에 이수 씨도 포함됐었다니……. 전혀 짐작조차 못 했어요.

 "하필이면 재수 없게 그 근처를 지나다가 그런 일이 생겼소. 걱정을 끼쳐 미안하오. 근데 확인은 했소?"

 ─아, 네. 확인했어요. 조금 전에 전해 들은 소식인데, 모리구치구미가 고베 본부로 물러나기로 했다네요.

"순순히 물러나다니 의외군요."

─그럴 수밖에요. 전쟁 총책이었던 야마나카 세이지와 행동대장이었던 이케다 쯔네까지 쓰러졌으니 당연한 거예요. 그런데…….

"예? 뭐가 남았어요?"

─아, 아니에요.

"하고 싶은 말이 있으면 하시오."

─별일 아니에요. 참, 의뢰금을 가지러 오셔야지요?

"흠, 당장은 일이 있어요. 그보다 의뢰를 하나 더 해도 되오?"

─뭔데요?

"도카이쎄카이의 회합 날짜와 장소를 알고 싶소."

도카이쎄카이는 도해정회(渡海正會)를 말하는 것으로, 일본 극우파들의 모임이다.

담용이 노리는 인물은 미야자와 가쿠에이였다.

미야자와 가쿠에이를 한마디로 표현하면 일본 정치계의 대부라 할 수 있었다.

물론 본인 역시 총리 출신이며 지금까지도 총리 메이커로 불리는 인물이었다.

게다가 일본 정치 역사상 최장수 중의원 의원이기도 해서 무려 14선의 기록 보유자이기도 했다.

특히 일본 극우파를 이끄는 수장으로서 한국의 중추원과

는 떼려야 뗄 수 없는 관계였다.

'이 늙은이는 반드시 손을 봐 줘야 해.'

그래야만 극우파들이 다소 주춤할 것이다.

물론 극우파의 수장인 가쿠에이의 부재로 잠시 주춤할 뿐임을 모르지 않지만 그래도 파벌 분쟁을 유도할 수는 있을 것이다.

－귀가할 때까지 알아 놓도록 하죠.

"고맙소. 아마 자정쯤 도착할 수 있을 거요."

－기다리죠.

통화를 끝내자, 프라나가 의념을 전해 왔다.

－주인님, 나디가 지금 가도 되냐고 묻는데요?

－어? 그래?

나디에게 주어진 임무는 오쿠라 수장고를 털어 오는 일이었다.

－프라나, 나디와 공유하고 있지?

－그럼요.

－원래는 네 일이었다는 것도 알지?

－그때는 지금처럼 상급의 경지에 이르지 못한 탓에 나디의 능력으로는 어려운 일이라서 그랬죠.

지금은 가능해졌다는 얘기.

－아직 해가 지지 않았는데 괜찮겠어?

－나디에게 직접 물어보세요.

-어, 그래. 나디!

울렁울렁울렁.

나디 특유의 기척이 요란하게 느껴졌다.

-넵, 주인님!

대답이 힘찬 것이 역시 나디는 남성적 성향인 것 같다.

말투가 꼭 군대식인 '다나까'로 끝나는 것도 그랬다.

반면에 프라나는 '요' 자로 끝나는 말투인 여성적 성향이었다.

-가능하겠어?

-충분합니다!

-내가 어디에 있든 찾아올 수는 있고?

-물론입니다!

-그렇다면 오늘 밤 안으로 도쿄국립박물관도 터는 게 어때?

-좋습니다!

-용량은 어떠냐?

-공간이 엄청나게 커서 짐작도 안 됩니다! 무게도 마찬가집니다.

'헐! 그 정도라고?'

-위치는 알겠어?

-넵! 저번에 구해 놨던 박물관 팸플릿과 브로슈어를 전부 입력해 놨습니다!

'허어, 한 보따리나 되는 팸플릿을 다 외웠다고? 무지 영리한 녀석일세.'

-좋아, 털 수 있는 대로 죄다 털어 와.

-알겠습니다!

-부르면 언제든지 돌아오는 거야. 명심해.

-넵!

우울렁-!

'다' 자가 끝나는 순간, 정수리에서 뭐가 빠져나간 느낌이 들면서 긴 여운이 이어졌다.

-갔어요.

'성격이 무지 급한 놈일세.'

새삼 아는 일이라 담용이 오히려 당황할 정도였다.

아무튼 내일이면 일본 전체가 난리 북새통이 될 것임은 미루어 짐작할 수 있었다.

'하긴 호들갑이라면 세계 어느 민족에 갖다 대도 뒤처지지 않을 국민성이니까.'

"언니! 이수 씨 별일 없는 거지?"

모모가 통화하는 동안 곁에 바짝 붙어서 귀를 쫑긋하고 있던 난희가 기대에 찬 표정으로 물었다.

"응."

"아, 다행이다. 어, 언제 온대?"

"자정쯤에."

"밥은 먹고 올까?"

"글쎄다. 근데 너……."

"응? 왜?"

모모가 난희를 빤히 바라보자, 난희도 눈을 동그랗게 뜨고 눈을 마주쳤다.

뭔가 기대하는 듯한 눈빛에 차마 말을 못 한 모모가 내심 한숨을 불어 내고는 다독이듯 말했다.

"이제 그만 헛물켜고 정신 차리지 그래?"

"언니도 참. 내가 쓸데없이 헛물켜고 있다고 생각해?"

"그럼 아니야?"

"언니, 이수 씨가 애인이 없을 수도 있잖아? 글고 설사 골키퍼가 지키고 있다고 해도 골이 안 들어가는 것도 아니고."

'에그, 내가 미쳐. 요것이 이수 씨 정체가 뭔지도 모르면서…….'

애인이 있고 없고가 문제가 아니라 가정을 도외시해야 하는 국가정보원의 블랙요원이라는 게 문제여서 모모가 근심을 하는 것이다.

비밀을 지킬 것을 약속한 터라 까발릴 수도 없고.

"헤헤헷, 사랑은 쟁취라고. 죽이 되든 밥이 되든 끝까지가 볼 거야."

"에혀, 모르겠다. 그래, 죽을 쑤든 밥을 하든 네 맘대로 하세요."

"히힛, 룰루루……. 저녁을 뭘로 준비해 볼까나."

양손을 나풀대며 주방으로 향하는 난희를 본 모모가 고개를 절레절레 흔들더니 방으로 들어갔다.

들어서자마자 휴대폰으로 전화를 건 모모가 속삭이듯 말했다.

"노디, 아직이죠?"

―시로, 이나가와카이가 이럴 리가 없는데 이상하군.

"뒷간 갈 때와 나올 때가 다른 건 누구나 비슷하죠. 야마카와 호지의 목은 제가 딸게요."

―어허, 시로는 너무 과격해. 그러다가 소문이 다 나서 의뢰가 끊어지기라도 하면 뭐 먹고살래?

"호호홋, 하여튼 노디의 엄살을 슈퍼헤비급이라니까요."

―에고, 이젠 기력이 떨어져서 모스키토급도 어렵다구.

"쿠쿠쿡, 그럼 어떻게 해요?"

―쿠로가 고양이 목을 침대 위에 놓고 오기로 했다.

"푸홋, 어중간한 경고는 안 하느니만 못해요."

―기껏해야 5천만 엔이다. 그 정도 경고면 충분해.

"하긴 착수금은 받았으니 손해 볼 일은 없죠. 그래도 암흑 정보 조직의 실체를 체감시켜 줄 필요는 있다구요."

-걱정도 습관이 되는 법이다. 그건 내가 알아서 조치할 테니 넌 염려하지 않아도 돼.

　"알았어요. 이 정도만 하죠."

　-청부금은 보내 주마.

　"그 정도는 제가 처리할 수 있어요. 그보다……."

　-응? 할 말이 있느냐?

　"노디, 정보 의뢰 하나 받아 줘요."

　-말해 보렴.

　"도카이쎄카이 모임이 언제 어디서 있는지 알려 줘요."

　-도카이쎄카이?

　"네."

　-이유를 물어도 될까?

　"노코멘또."

　-그래, 물은 내가 바보지. 2시간 후에 알려 주지.

　"고마워요. 다음 의뢰도 부탁드려요."

　-이것아, 늙은이 뼈다귀 삭은 지 오래다. 서둘지 말고 진득하게 쉬고 있어.

　"피-!"

# 특수전대의 출동 준비 태세

　대한민국은 일본이 독도 침공을 언급한 그 순간부터 한마디로 말해 전국이 연일 일본을 성토하느라 온 나라가 들끓고 있었다.

　특히 일본 대사관과 각 지방의 영사관 앞은 낮과 밤을 구분하지 않은 채, 단 1분도 거르지 않고 국민들의 시위가 이어졌다.

　해거름인 시각, 종로에 위치한 일본 대사관 정문에서부터 광화문삼거리까지 인산인해로 몰린 시민들의 성토가 서울의 하늘을 뒤덮고 있었다.

　"독도는 우리 땅!"

　"우리 땅—!"

"정부는 독도로 군대를 파견하라!"

"파견하라! 파견하라! 파견하라!"

메가폰을 든 채, 태극마크도 선명한 머리띠를 질끈 두른 장년인의 선창에 따라 시위대가 있는 대로 악을 바락바락 써 댔다.

그러다가 대학생으로 보이는 청년이 단상으로 올라가 메가폰을 넘겨받더니 힘차게 구호를 외쳤다.

"대한의 학우들이여! 독도로 가자!"

"가자! 가자! 가자!"

"이 한목숨 나라를 위해!"

"나라를 위해! 나라를 위해! 나라를 위해!"

대학생들로 보이는 청년들의 피 끓는 구호에 일반 시민들도 동화되었는지 목청껏 소리를 높였다.

분위기는 당장이라도 일본 대사관으로 쳐들어가고도 남을 기세였지만, 몇 겹으로 스크럼을 짜고 있는 전경들로 인해 분기만 터뜨리고 있는 실정이었다.

현장에는 시위대 외에도 내외신 기자들이 분주하게 오가며 시간이 갈수록 점점 고조되어 가는 시위대의 분위기를 실시간으로 취재하고 있었다.

그런 어수선한 분위기 속에서 대한일보의 한성수 기자가 고려신문 기자인 고현우 기자와 딱 마주쳤다.

"어? 고 기자! 여긴 또 언제 왔어?"

"어? 한 기자! 그러는 너는?"

"염병할. 청와대에서 건질 게 있어야 눌러앉아 있지. 사흘이 되도록 이렇다 저렇다 말도 없는데 어쩌라구. 발품이라도 팔아야지."

"씨발, 그건 나도 마찬가지라고. 데스크에서는 속도 모르고 쪼아 대는데 미치고 팔짝 뛰겠다."

"묵묵부답인 청와대의 속셈이 대체 뭘까? 짐작 가는 거 없어?"

"젠장. 내가 그걸 겨자 씨알만큼이라도 알면 소설을 써도 백 번을 써 갈겼지, 여기서 이러고 있겠냐?"

"야, 고 기자, 미국 대사관으로 가 보면 뭐라도 건질 수 있지 않을까?"

"야, 꿈 깨라. 조아일보의 권 기자가 그러는데 거기도 의경들이 바리케이드로 진을 치고 있다더라."

"씨부럴. 건수가 나올 곳은 죄다 막고 있으니……. 그냥 확 소설을 써 버려?"

"푸홋! 뭐라고 쓸 건데?"

"짐작 가는 거야 많지. 그건 한 기자 너도 마찬가지잖아?"

"이번 건은 함부로 쓸 게 못 돼. 잘 알면서 그래?"

"하! 씨불, 그걸 누가 몰라? 전력 차가 크다는 건 세 살배기도 아는 얘기고. 미국이야 중재하느라 바쁠 테니 굳이 취재하지 않아도 빤한 일이지. 일본 놈들이 갑자기 저렇게 나오는 건 지옥유령의 공포를 독도로 돌려보려는 속셈인 것이고. 하! 다 아는 얘기를 반복하는 건 딱 욕먹을 짓이니 대체 뭘 써야 하는 거냐고."

"청와대가 침묵하는 건 도무지 이해가 안 가."

"혹시 특수전대 애들을 침투시켜 놓고 결과를 기다리고 있는 건 아닐까?"

"설마?"

"야! 그거야 모르는 일이지. 우리 밑천이 그것밖에 없잖아?"

"만약 그렇다면 얼마나 좋겠냐? 일본 제3호위함대군 폭파라는 기사가 실린다면…… 크크큭."

"그렇게 되면 전면전으로 확대될지도 몰라."

"뭐, 솔깃한 말이긴 하다만, 나는 미국의 중재를 기다리고 있다고 봐. 그게 아니면 청와대가 침묵하고 있을 이유가 없거든."

"흠, 결국 지금까지 담화문을 미루고 있는 걸 보면 협상이 잘 안 되고 있다고 봐야겠지?"

"아무래도 그런 것 같아."

"이 자식들이 독도 대신 다른 걸 달라고 하기라도 했나?"

"줄 건 있고?"

"없지. 안 그래도 반 동강이 나서 쪼그라들 대로 든 나란데."

"하! 씨발. 그러게 진즉에 좀 해군력을 키웠어야 했는데. 하다못해 이지스함 한 척이라도 있었으면 비벼 보기라도 해 볼 텐데."

"윗대가리나 방산업자 할 것 없이 제 잇속 차리는 데 정신이 팔렸는데 기대할 걸 기대해라."

"북한 새끼들 땜에 육군만 기형아처럼 키워 놨으니…… 아놔. 진짜 갑갑해 미쳐 불겠네."

우와아아―!

"엉? 뭐, 뭐야?"

갑작스러운 함성에 놀란 두 사람이 돌아보니 군중이 이동하기 시작하는 것이 아닌가?

"어라? 청와대 방향으로 가는 것 같은데?"

"따라가 보자."

"제발 거지 똥구멍에 난 콩나물 대가리 같은 기삿거리라도 상관없으니 뭐라도 좀 나와라."

"크크큭, 거지 똥구멍의 콩나물 대가리. 어째 클레식한 표현이군."

"뭐, 그만큼 배가 고프단 뜻이지."

"맞아, 씨불. 밤새도록 개털이면 편집장 손에 든 재떨이가 한순간에 야구공으로 변할 텐데……."

"씨파, 말해 뭐 하냐? 그래도 하이에나처럼 어슬렁거려 봐야지."

국가위기관리센터.

국가안전보장회의, 즉 NSC 회의가 열리는 장소다.

국가 안보와 관련된 정보를 다루는 탓에 지하 벙커에서 이루어진다.

벙커에는 의장인 김대중 대통령을 비롯해 NSC 위원인 국무총리와 외교부장관, 통일부장관, 국방장관, 행정안전부장관, 국가정보원장, 대통령비서실장, 국가안보실장, 국가안전보장회의 사무처장, 국가안보실 2차장 등이 대거 참석해 있었다.

지금은 번외로 참석한 3군참모총장 중 해군참모총장인 이준석 대장이 발언하고 있는 중이었다.

"……해서 해군 1함대의 군함은 일본 제3호위대군에 비해 크기도 작고 숫자도 적습니다. 우리 해군 1함대에는 3,800톤인 광개토대왕함과 2,000톤급 FF호위함 2, 3척, 1,000톤급 PCC초계함 7척이 있는 반면에 일본 제3호위대군은 이지스함 1대와 5,000톤 이상 군함 7척을 보유하고 있습니다."

"흠, 상대가 될 것 같소?"

"우리나라 해군 1함대와 일본의 제3호위대군의 일대일 격전이 벌어진다면, 한 번의 펀치 교환에 아군은 전멸 상태에 처할 가능성이 높습니다."

"허어, 어째서 그렇소?"

김대중 대통령이 비록 군통수권자인 의장이라고는 하나, 군사 전력과는 무관한 탓에 이해가 안 되는 부분을 물었다.

"해군 1함대에는 광개토대왕함만이 적의 미사일을 4 내지 5발을 요격시킬 수 있고 나머지 군함들은 요격 능력이 없기 때문입니다. 반면에 일본은 전 함대가 광개토대왕함보다 더 성능이 좋습니다."

3,800톤 1척과 5,000톤 이상의 군함 7척.

누가 봐도 계란으로 바위 치기였다.

"끙."

굳이 더 듣지 않더라도 전력상 현저한 열세임을 알게 된 김대중 대통령이 앓는 소리를 냈다.

그야말로 조막만 한 주먹만 있고 방패가 없는 셈이었으니 안색이 더없이 침중해지는 김대중 대통령이었다.

그러나 나라가 백척간두에 서 있는 상황인지라 지푸라기라도 잡는 심정으로 다시 물었다.

"부산에 기동전단이 있지 않소이까?"

"예, 있습니다. 그렇지만 부산에 주둔하고 있는 아군의 기동전단이 합류할 경우 일본은 쿠레에 소재한 제4호위대군과 큐슈 남쪽 사세보에 위치한 제2호위대군이 연합할 확률이 높습니다."

말인즉 세가 더 불리해진다는 얘기였다.

"으으음."

그 말에 역전의 정치 9단인 김대중 대통령도 정신이 혼몽해지는 걸 억지로 다잡아야 했다.

아무튼 사안이 사안이었던 만큼 회의는 별 뾰족한 수단 없이 한참이나 길어지고 있는 형국이었다.

그렇게 명쾌한 결론을 내지 못한 채, 한 치도 나아가지 못하고 있을 때, 우측 세 번째 자리에 앉아 있던 정영보 원장의 휴대폰이 부르르 떨었다.

'응?'

슬쩍 주변의 눈치를 본 정영보 원장이 상체만 옆으로 튼 채 액정을 확인하니, 이제나저제나 기다리던 해외공작국 정보협력과 국장인 배영한의 전화였다.

혹시 하는 마음에 얼른 휴대폰을 귀에 대고는 속삭였다.

"날세. 기다리던 소식이었으면 좋겠군."

─예. 원장님, 천만다행히도 제로와 연락이 닿았습니다.

"호오! 정말인가?"

"……?"

목소리가 컸던 탓에 자신에게 쏠리는 시선을 느낀 정영보 원장이 조용히 자리에서 일어나 밖으로 나갔다.

"배 국장, 확실한가?"

─방금 비선으로 연락이 왔습니다.

"내용은?"

―유선상으로는 말씀드릴 수가 없습니다. 내용으로 보아 신속하게 움직여야 할 것으로 보입니다.

"그래?"

―비선 라인으로 암어문 팩스를 보냈으니 받아 보십시오.

"그 밖에 다른 내용은?"

―비선 연락이어서 다른 구체적인 언급은 없었습니다. 하지만 걱정하는 일이 없도록 할 거라고 합니다. 뭔지는 모르지만 일취월장했다고 합니다. 또한 일본 뉴스를 기다려 보라고도 했고요.

"일취월장? 일본 뉴스?"

―예. 그리고…….

한동안 배 국장의 보고를 듣던 정영보 원장의 머리가 마치 방아깨비처럼 연방 주억거렸다.

"알았네. 자리를 비우지 말고 계속 수고해 주게."

탁!

갑갑했던 마음을 한꺼번에 날려 주듯 폴더를 닫는 소리가 그 어느 때보다 명쾌하게 들렸다.

정영보 원장이 통화를 끝냈을 때, 정장의 사내가 급히 다가왔다.

"원장님 앞으로 온 팩스입니다."

"아, 고맙네."

팩스 용지를 건네받자마자 다초점 렌즈를 맞추고 들여다

보던 정영보 원장은 입가에 호선이 그려지더니 주먹을 한번 쥐었다가 살짝 흔들었다.

'바로 이거야.'

서둘러 잰걸음을 한 정영보 원장이 다시 회의실 안으로 들어서려다 멈추더니 휴대폰을 들었다.

-3차장입니다.

"최 차장, 제로가 일취월장했다는데 무슨 말이오?"

-아, 저도 방금 들었습니다. 아마 본인의 능력이 업그레이드된 걸 말하는 것 같습니다.

"그게…… 어느 정도요?"

-그건 저도 모릅니다만 비문에 언급된 내용대로라면 상상할 수 없을 정도의 위력이 아닐까 여겨집니다.

"허어, 이걸 대통령님께 이해시킬 수 있겠소?"

-신사와 고교를 생각해 보십시오.

"그래도 이건……."

지나친 자신감이라는 말을 끝내 아끼는 정영보 원장이다.

-원장님, 신사와 고교는 업그레이드 전의 일임을 참고하십시오.

"아……."

-무조건 자신감으로 밀어붙이십시오. 이제 뒤가 없는 대한민국임을 아시지 않습니까?

'그렇지.'

독도를 점령당하고 나서야 어찌 정권을 유지할까?

그러면 과격한 민족주의자들이 무슨 일을 벌일지 모른다.

－모 아니면 도입니다.

'어허, 큰일 날 소리를…….'

국가를 경영하는 자들이 해서는 안 되는 것이 이런 극단적이 말이었다.

－인명을 희생해서라도 만만한 태를 보이면 절대 안 됩니다. 여태껏 계속해서 밋밋한 반응을 보이니까 일본이 저리도 건방진 태도를 보이는 겁니다. 우리가 그렇게 적극적으로 맞서 나온다면 일본도 당황할 게 분명합니다. 원래 그런 민족이 아닙니까?

강한 자에게는 약하고 약한 자에게는 한없이 강한 자. 그러다가 어느 순간 뒤통수를 치는 자.

이건 일본이 미국을 대하는 태도를 보면 금방 알 수 있는 일이었다.

－제로를 믿어 보십시오.

"아, 알겠소."

최형만 차장의 강한 어조에 얼떨결에 대답하고 마는 정영보 원장이다.

"끄, 끊겠소."

탁!

"후우읍―!"

통화를 끝낸 정영보 원장이 심호흡으로 마음을 정리하고는 회의실로 들어섰다.

외무부장관인 한기탁이 막 발언에 나서고 있었다.

"의장님, 미국 국무장관과 의논을 해 봤지만 지금 민주당에서 공화당으로 정권이 이양되는 시점이라 국가 간의 첨예한 갈등이 계속되는 부분에 대해서는 관여하기 어렵다고 합니다. 이로 보아 일본이 독도 침공 시점을 이 시기로 정했다는 것은 다분히 계획적인 듯합니다."

"나 역시 미국과 교류가 있었을 것으로 짐작되오."

"미국의 입김에 좌우되는 경향이 많은 일본이라면 틀림없을 것입니다."

"으으음."

김대중 대통령 역시 미국 측과 접촉해 보지 않은 것은 아니다.

그래 봐야 주한 미국 대사인 로간 덴징거와의 대화가 전부였지만 말이다.

로간 덴징거 왈.

─우리는 지금 정권 교체 시기라 대외 정책에 관한 훈령이 내려와 있는 상황입니다. 국가 간의 민감한 사안에 대해서는 관여하지 말라는 내용입니다.

혈맹인 미국과의 관계를 고려하면 다소 충격적인 발언이었다.

해서 김대중 대통령은 미국 대통령인 클린턴과 대화도 시도하지 않았던 것이다.

내무부장관인 오택기가 말했다.

"대통령님, 무엇보다 먼저 국민들의 마음을 다독거릴 필요가 있습니다. 지금 서울은 물론 각 지방마다 민심이 들끓고 있습니다. 이는 정부가 침묵하고 있다는 것이 원인입니다. 그러니 오후 늦게라도 정부의 결심을 내보여야 합니다."

담화문이라도 발표해야 한다는 얘기였다.

"아, 그건 오늘 회의 결과에 따라 발표를 할 예정이라오."

"그리고……."

"이 자리는 서슴없이 의견을 표하는 자리요. 오 장관은 할 말이 있으면 기탄없이 해 보시오."

"예, 조심스러운 말이긴 합니다만 북한 김 주석에게 협조를 구하는 건 어떻겠습니까?"

"엉? 김 주석에게 말이오?"

"예, 지금은 체면을 차리기보다 뭐라도 해 봐야 할 시기입니다. 다행히 남북정상회담까지 한 상황이라 남북 간의 분위기는 더없이 좋지 않습니까?"

"흠."

김대중 대통령은 고개를 저으며 대번 곤란한 표정을 지어 보였다.

한기탁이 말을 이었다.

"의장님, 밑져야 본전이지 않겠습니까? 북한이 실제로 참전하지는 않더라도 말 한마디만 해 줘도 도움이 될 것으로 압니다."

"어떻게 말이오?"

"전문가들과 의논을 해 봐야겠지만 이를테면 일본이 독도를 침공할 경우 좌시하지 않겠다는 발표 정도면 됩니다."

"그렇게 되면 미국이 가만히 있겠소?"

"실제로 일이 벌어져 북한이 참전하게 되면 미국이 개입하겠지요. 휴전 당사자가 우리나라가 아닌 미국이니 말입니다."

"상대가 우리나라가 아닌 일본이라면 미일방위조약에 근거해서 개입하려 들 게 분명하오."

"기실 실제로 일어나기 힘든 일이긴 하지요. 하지만 효과는 분명히 있을 것으로 압니다."

"의장님!"

막 자리에 착석하려던 정영보 원장이 나섰다.

"정 원장, 말씀하시오."

"한 장관의 발언은 자칫 중국과 러시아까지 개입하게 만드는 위험성을 내포하고 있습니다. 북한도 중국과 러시아 양국과 방위조약이 체결되어 있기에 그렇습니다."

"정 원장, 내 말은 좌시하지 않겠다는 발표만 해 달라는 겁니다."

"알고 있습니다. 하지만 그런 발언 이후의 파장을 고려하지 않을 수 없습니다. 특히 북한은 공짜가 없는 나라입니다."

"북한이 대가를 요구할 수 있다는 거요?"

"그건 작은 문제입니다."

머리를 세차게 흔든 정영보 원장이 자리를 벗어나 김대중 대통령에게로 다가왔다.

"의장님!"

"끙, 말하시오."

골치가 아팠던지 관자놀이를 지끈 누르고 있는 김대중 대통령이다.

"안색이 많이 피곤해 보이십니다. 지금 이 상태에서 더 의논해 보아 나올 게 별로 없을 것 같습니다. 식사 시간도 됐으니 잠시 휴정해서 아이디어를 창출하는 게 어떻겠습니까?"

"오! 그럴까요?"

기다렸다는 듯 대뜸 반응하는 김대중 대통령이 의사봉을 쥐며 말했다.

"안 그래도 피곤하던 참이라 그러는 게 좋겠소."

국정원장이 회의 도중에 긴한 연락을 받는 것 같아 은근히 기대하고 있던 차였던 것도 있었기에, 김대중 대통령은 곧바로 휴정을 선언했다.

"여러분, 조금 쉬었다가 다시 시작해 봅시다. 에…… 곧 식사 준비가 될 터이니 저녁 식사를 하고 8시까지 모이면 되겠소이다."

땅땅땅.

의사봉을 내리치는 소리에 국무위원들도 눈치가 없지는 않아 분분히 자리를 떴다.

정영보가 급히 누군가를 불러 세웠다.

"세 분 참모총장께서는 잠시 대기해 주시겠습니까?"

마지막까지 자리에 앉아 있던 세 장성이 일어서려다가 그대로 눌러앉았다.

그러자 벙커에는 다섯 사람만이 남았다.

세 장성을 힐끗 일별한 김대중 대통령이 물었다.

"그래, 무슨 연락이 있었소?"

"각하, 제로와 연락이 닿았다고 합니다."

"아! 그, 그래요?"

내심 기다리고 있었던 소식 중 하나였던지라 김대중 대통령의 안색이 티가 나게 밝아졌다.

"예! 여기 제로가 보낸 밀서입니다."

"……?"


-본 내용은 친일파들이 알아서는 안 됨.


바인더북

-작금의 사태로 인해 조국이 우려하는 일은 없을 것임.(일본 제3호위대군이 마이즈루를 떠난 직후, 일본 내 해상 전력 및 공군 전력을 초토화시킬 것임.)

-2일 내로 특수전대 전원을 부산 남항 제3해군함대에 집결시켜 상륙함에 탑승 완료 후, 대기할 것.

-일본 제3호위대군이 마이즈루 기지를 출발하면 곧바로 열도 상륙작전을 감행할 것.

-일본 측이 대화를 시도해 오면 취해야 할 내용을 미리 준비할 것.

-미국 측의 중재 시, 고자세를 취할 것.(펜타곤은 물론 미국 내 주요 기지들을 초토화시킬 수도 있음.)

-의심할 것을 대비해 미쓰비시 조선소를 없앨 것임. 내일 새벽 일본 뉴스로 확인할 것.


"이게 도대체 무슨 말이오?"

도무지 이해가 안 간다는 듯 정영보 원장에게 찌푸린 표정을 내보이는 김대중 대통령이었다.

"대통령님, 이해하기 어려운 줄은 압니다만, 지금으로선 유일한 동아줄인 제로의 말이니 사실로 받아들여야 합니다."

정영보 원장으로서는 그렇게밖에 말할 수 없었다.

"허헛, 참. 이건 허풍이 너무 지나치지 않소?"

"절대 허풍이 아닙니다."

"정 원장의 그 자신감은 어디서 오는 게요?"

"제로를 믿기 때문이지요. 그리고 일에 앞서 능력을 증명을 하겠다고 하지 않습니까?"

"증명이라고요?"

"예, 거기 맨 아랫줄 내용을 보십시오. 의심할 것에 대비해 시범을 보일 거라고 하지 않습니까?"

"미쓰비시 조선소가 미포조선소보다 더 크다는 걸 아오?"

"알고 있습니다."

"그 넓은 곳을 없앤다고요?"

믿을 것을 믿으라고 해야지 하는 표정이 역력했다.

"우선 제 말을 들어 보십시오."

"해 보시오."

"대통령님, 독도를 잃었다고 가정해 보십시오."

"끄응."

그걸 모를 리가 없는 김대중 대통령이 아니었다.

"일단 제로 말대로 특수전대를 제3함대로 집결시키는 겁니다. 미쓰비시 조선소가 어떻게 되든 말입니다."

"……?"

"상륙작전을 감행하든 않든 시간이 촉박하지 않습니까? 여기에는 두 가지 가시 효과가 있습니다. 일본에 대한 대외적인 압박을 보여 줌과 동시에 국민들에게 정부도 좌시하고만 있지 않다는 것을 보여 주는 것이지요. 이것만으로도 굳이 담화문을 발표할 필요가 없습니다. 말보다 행동인 것이지요?"

"흐음."

약간이긴 하지만 호응을 내비치는 김대중 대통령이다.

"더불어 미쓰비시 조선소가 사라지면 곧바로 상륙함에 특수전대를 탑승시킵니다. 제로는 일본 제3호위대군이 독도로 출발하는 것을 보고 일을 하겠다고 했습니다. 그러니 우리는 이후 일본 전력에 문제가 생기는 걸 보고 일의 진행 유무를 판단하면 되지 않겠습니까?"

아니라면 실행하지 않으면 된다는 뜻.

"흐음."

왼손으로 턱을 고인 채, 생각에 잠겨 있던 김대중 대통령이 입을 열었다.

"듣고 보니 손해 볼 것은 없을 듯하구려."

"대통령님, 이럴 때는 점잔을 떠는 것보다 차라리 악바리로 나가는 게 더 낫습니다. 국토를 빼앗기는 판국이지 않습니까? 이럴 때는 대통령님의 의지가 무엇보다도 중요합니다."

"뭔 말인지 알았소. 하면 제로가 기어이 일을 낸다면 어떡하려고 그러오?"

"상륙함을 출발시키는 겁니다."

"뭐, 뭐요? 실제로 말이오?"

"그래야만 합니다. 만약 상륙이 실제로 이루어진다면 그때부터 일본과 협상을 시작하는 겁니다."

상륙하는 것이 중요하다는 뜻.

'끙, 희생이 불가피하겠군.'

군사 문제에 있어 문외한에 가까운 김대중 대통령이었지만 상륙작전이 얼마나 많은 희생이 있어야 하는지 정도는 알고 있었다.

"대통령님, 아직은 결정된 게 없습니다. 시작은 바로 미쓰비시 조선소의 운명에 달려 있습니다."

여태까지는 피해 당사국이면서 알게 모르게 열세적 위치에 있었던 것이 사실이다.

할 말도 제대로 못 하고 유야무야 흘러가게 둔 게 하나둘이 아니었다.

그걸 보상받아야 한다. 사실 그 몇십 배로 받아도 양이 안 찬다.

마음으로야 천참만륙을 골백번도 더했다.

"으음, 3군참모총장을 기다리게 한 게 이것 때문이구려."

"맞습니다. 내일 당장 특수전대를 출동시키려면 시간이 없습니다."

"일단…… 뭐라도 시작해 봅시다."

김대중 대통령도 이대로 가만히 당하고만 있을 수 없다는 것에 전적으로 동감하는 바라 거반 결심을 굳혔다.

"잘 생각하셨습니다."

어차피 독도를 잃는다면 국민의 분노를 감당치 못한다.

그럴 바에야 차라리 선제적 조치를 취해 적극적으로 나선다면 비록 독도를 잃는다손 치더라도 할 말은 있지 않겠는가?

'후우, 실제로 이루어진다면 얼마나 좋을까?'

정영보의 강권에 못 이겨 승낙은 했지만 실상 속내는 여전히 걱정이 태산인 김대중 대통령이다.

그래서 다시 물었다.

"정말 가능한 일이겠소?"

"제로의 입에서 나온 말이니 믿을 만합니다. 아니, 믿어야 합니다. 소관은 제로가 기적을 보여 줄 것이라 믿어 의심치 않습니다."

정영보 원장은 굳센 의지를 내보이듯 입매를 악다무는 표정까지 자아냈다.

"사방팔방이 막히다 보니 지푸라기라도 잡고 싶은 심정이오만, 못나게도 은근히 기대해 보는 이 심정이…… 참으로 비참하기 짝이 없소이다."

"각하, 그런 말씀은 마십시오. 힘이 약해 어쩔 수 없이 당해야 하는 마음이야 알지만, 각하마저 의지를 잃는다면 대한민국은 선장을 잃은 난파선이 되고 맙니다."

"그걸 내 어찌 모르겠소만 어깨에 묵직한 돌덩이가 내려앉은 듯 속이 갑갑해서 그런다오."

"제가 아는 제로는 단 한 번도 실언을 하거나 허세를 내보인 일이 없었습니다. 믿어 보십시오."

"흠, 알겠소. 그런데 한 가지 물어봅시다."

"말씀하십시오."

"이건 확인차 다시 묻는 것이오만, 근자에 일본에서 일어난 일 말이오."

"아, 야스쿠니신사와 일본 왕궁이 사라진 일 말입니까?"

"맞소, 그 일이 정말 제로의 소행이오?"

이걸 확실히 알지 않고는 내내 좌불안석일 것 같아 반드시 확인을 해야 했다.

들었지만 솔직히 건성이었다.

과학적으로도 물리적으로도 상식적으로도 말이 안 되었기 때문이었다.

말만 들었지 직접 본 적도 없었다.

"대통령님."

"……."

정영보 원장이 황급히 고개를 저어 대자 김대중 대통령도 더 묻지 못하고 의혹 어린 눈빛만 보냈다.

정영보 원장이 중얼거리듯 말했다.

"그 문제는 모른 척하시는 게 좋습니다."

"아, 아."

김대중 대통령이 이해했다는 듯 고개를 끄덕거렸다.

기실 대통령이라고 해서 다 알 필요는 없다. 즉 짐작하면서도 사실을 짚지 않고 그냥 넘어가는 일은 허다했다.

왜?

추후 문제가 야기됐을 때, 발뺌할 수단 중 하나이기 때문이다.

'후우, 대단한 능력이로세.'

정영보 원장의 저 말 한마디에 사실로 확인되자, 이상하게도 마음이 안정되어 오는 기분이었다.

"다른 사안은 없소?"

"아! 구두로 전해 온 게 있습니다."

"뭡니까?"

"문화재를 보관할 창고를 마련해 달라고 했습니다."

"문화재?"

이 급박한 시국에 뜬금없이 문화재 보관 창고라니!

"그건 또 무슨 말이오?"

"독도 침공을 앞둔 일본이 국내는 물론 해외로 타전되는 통신을 감청하고 있는 탓에 통화가 간결할 수밖에 없어 소관 역시 자세한 내용은 알지 못합니다."

"흠, 문화재도 중요하지만 지금은 나라의 운명이 먼저요."

"그렇지요."

정영보는 창고 문제는 자신이 알아서 해결해야겠다고 마음먹었다.

그 정도 재량쯤이야 가지고 있었다.

"이렇게 되면 비상계엄령부터 내려야 하지 않겠소?"

"그 문제는 이따가 회의 때 결정하시지요."

여기서 비상계엄령이란 대한민국 헌법 제77조에 준하는 법률로서 대통령은 전시나 사변 혹은 그에 준하는 국가비상 사태에 있어 병력으로써 군사상의 필요에 응하거나 공공의 안녕질서를 유지할 필요가 있을 때에는 법률이 정하는 바에 의하여 계엄을 선포할 수 있다고 되어 있다.

"결정이 나면 국회에 통고하면 됩니다."

계엄을 선포한 때에는 대통령은 지체 없이 국회에 통고하여야 한다는 조항 때문이다.

끄덕끄덕.

"이제 저 양반들을 부르시오. 아무래도 군의 영수들이니만큼 이 자리에서 바로 작전을 짜 봐도 괜찮을 것 같소."

"탁월한 선택이십니다."

"허허헛."

"그렇게 웃으시니 보기 좋지 않습니까?"

"뭐, 아까보다는 마음이 좀 나아지긴 했소."

"핫핫핫, 그마저도 털어 버릴 수 있을 겁니다."

"나도 그랬으면 좋겠소."

"대통령님, 우리도 요기를 좀 하고 나서 고민해 보도록 하지요."

"허허헛, 그러고 보니 출출하군요."

"식당으로 연락해서 간단한 도시락을 가지고 오라고 하겠습니다."

"부탁하오."

모모네 집.

탁!

"으아아-!"

수저를 내려놓고는 트림이 나오려는 것을 탄성으로 흘린 담용이 난희에게 엄지를 척 내보였다.

"난희 씨, 진짜 맛나게 먹었어요."

"정말요?"

"그럼요. 방금까지 걸신들린 것처럼 먹는 걸 봤잖아요."

"그거야 배가 고프면 뭐든 맛있죠."

"에이, 그래도 맛이 없으면 표가 나는 법이지요. 사람 입맛이 간사하다는 말도 거기서 나오는 거라고요. 정말 잘 먹었어요. 전번에도 맛있었지만 이번에는 더 맛있었어요. 음식 솜씨가 보통이 아니시네요."

"에헤헤헷, 전부 울 엄마한테 배운 거예요."

담용의 칭찬에 쭉 찢어진 난희의 입이 귀에 걸렸다.

"오호! 그래요? 젊은 여자가 요리를 진득하게 배우는 건 절대 쉽지 않은 일인데……. 그거 은근히 끈기가 있어야 하는 겁니다."

"데헷! 제가 요리를 좋아하는 편이라서요."

"얼씨구, 그렇게 비비 꼬다가 꽈배기가 되겠다."

"언니는……."

"흥! 누구는 음식 솜씨가 좋아서 칭찬받고 누구는 꿔다 놓은 보릿자루 신세고. 둘이서 잘 놀아 보셔. 흥! 흥! 흥!"

콧등이 닳아 없어질 정도로 콧방귀를 날린 모모가 주방을 벗어나 거실로 사라졌다.

"왜 저래요?"

"신경 쓰지 마세요. 노처녀가 히스테리 부리는 게 어디 하루 이틀이어야 말이죠."

"난희 너―! 다 들려!"

"헤헷! 이수 오빠, 얼른 가 보세요. 저는 설거지를 끝내고 차를 내갈게요."

"아, 그럴까요? 그럼……."

'하! 그놈의 오빠 소리. 되게 부담스럽네.'

스윽.

"의뢰비 정산해야죠."

모모가 건넨 건 종이 상자였다.

"1만 엔짜리로 모두 5천만 엔이에요."

"고맙소. 근데 제가 의뢰한 것도 있으니 이 비용은 없는 걸로 하지요."

"그럴 수는 없어요."

"예?"

"지수 씨가 의뢰한 건 의뢰 축에도 끼지 못하는걸요."

"그게 무슨 말입니까?"

"도카이쎄카이의 회합은 이미 유명한 터라 조금만 주의를 기울이면 누구라도 다 알 수 있는 일이거든요."

"……?"

"매월 셋째 주 금요일에 회합을 해요. 장소도 똑같아요. 미나토구 롯본기 ○○번지 사토이빌딩 10층 대회의실이죠."

"아, 아…….."

"셋째 주 금요일이니 12월 정기 회합은 이미 지난 거죠."

"그렇군요. 하면 미야자와 가쿠에이의 거처로 의뢰를 바꾸지요."

"그럴 필요가 없어요. 이번에 임시 회합이 열린다고 공고가 났거든요."

"그래요? 어, 언젭니까?"

"내일 저녁 7시요. 장소는 같고요."

"그럴 만한 이유라도 있나요?"

"들리는 말로는 독도 침공에 앞서 결기를 다지는 대회를 가진다는 소문이에요."

'이 미친놈들이 감히…….'

속마음을 가감 없이 드러내듯 담용의 미간이 잔뜩 찌푸려졌다.

미야자와 가쿠에이만 처단해도 일본 정계는 혼돈의 양상이 되고도 남는다.

일본의 정치는 흑막에 의한 정치다.

대외적으로야 당금의 수상이 최고 권력자인 것 같지만, 달리 흑막정치라 말하겠는가?

수상 뒤에 더 높은 자가 존재하고 있기에 그렇다.

그 작자가 바로 미야자와 가쿠에이인 것이다.

"극진파 우익이잖아요. 이들은 한국이라면 아주 못 잡아먹어서 환장하는 치들이에요."

모모의 말에 가타부타 말이 없는 담용은 그저 주먹만 불끈 쥘 뿐이었다.

"저 역시 여기서 나고 자랐지만 은근한 따돌림과 무시는 일상다반사였어요. 그렇지만 어디 가서 하소연할 곳도 없었어요."

"그 심정…… 조금은 알 것 같습니다."

"그래도 가끔이지만 올림픽과 월드컵 같은 경기에서 일본

을 이겼을 때 대리 만족 할 때도 있었어요. 아! 야스쿠니신사
와 고쿄가 무너진 것도 통쾌한 일이죠, 후후훗."

"그 일은 아직 원인을 못 찾았답니까?"

지난 3일 동안 죽은 듯이 잤던 터라 궁금해서 물은 것이
다.

"전혀요. 감도 못 잡고 있다고 해요."

"그…… 아마테라스라는 작자들도요?"

"아, 에스퍼들요?"

'결국 알아냈군.'

원래는 아마테라스란 특별한 조직이 있다는 것은 알고 있
었지만 그들이 에스퍼란 존재는 몰랐던 모모였다.

소속이 어딘지는 알 수 없지만 모모 측의 정보력이 대단하
다는 생각이 들었다.

"에스퍼요?"

담용은 모른 척하고 되물었다.

사실이 그렇잖은가?

일반인들은 듣도 보도 못한 용어이기 때문이다.

"초능력자를 그렇게 부른다네요."

"아, 아."

"듣기로는 야스쿠니신사에서 희생자가 생겼다고 했어요.
아참! 미국에서도 이번의 기이한 사건을 파헤치려고 에스퍼
들이 대거 왔다고 해요."

'아, 이건 몰랐던 일이다.'

하긴 분신인 S1 하나를 야스쿠니신사로 보낸 게 전부였으니 알 턱이 없었다.

더구나 S1이 자폭까지 했으니 미국 플루토의 소행일 확률이 컸다.

"그들은 지금 어디에 있죠?"

"그건 관심 밖의 일이라 알아보지 않았어요. 알아봐 줘요?"

"알 수는 있고요?"

"호호홋, 적어도 일본 내에서 벌어지는 일이라면 정보 상인의 눈을 피할 수는 없어요."

"그럼 알아봐 주세요."

"호홋, 이것도 공짜로 알아봐 주죠."

"하하하……."

담용은 웃던 도중 갑자기 코가 시큰해 오면서 하품이 났다.

졸음을 쫓기 위해 연방 마른세수를 해 댔다.

"후훗, 피곤한가 봐요."

"아, 예. 그 일을 당한 영향인지 컨디션이 별로네요."

"후훗, 천만다행인 줄 아세요. 아! 맞다!"

"……?"

"이번 회합에 나오베 신조와 가토 료조도 참석한다고 했어요."

"어? 정말요?"

"네, 그 두 사람이 미래의 극진파 우익을 이끌 동량들이니까요. 빠지면 안 되죠."

'이건 귀찮음을 덜어 주는 일이로군.'

시간도 빡빡하던 차에 일일이 찾아갈 필요가 없으니 잘된 일이었다.

미래의 대한민국을 사사건건 물고 늘어지는 작자들이다.

한 놈은 수상, 한 놈은 관방장관을 역임한다.

"한 가지만 물어볼게요."

"응? 뭐죠?"

"사토이빌딩으로 갈 거죠?"

절레절레.

"에? 그럼 의뢰는 왜 한 거죠?"

"굳이 그곳에 가지 않아도 해결할 수 있으니까요."

"……?"

현장에 가지 않아도 해결이 가능하다는 말에 표정에 의문부호를 찍은 모모가 다짜고짜 손날을 세워 자신의 목을 그으며 말했다.

"이렇게 할 거예요?"

절레절레.

"난 사람의 생명을 가지고 함부로 하는 사람이 아닙니다."

"그럼요?"

"……."

"에이, 그 정도는 얘기해 줄 수 있잖아요?"

"꼭 알고 싶어요?"

"네!"

"그럼 뉴스를 보면 알게 될 겁니다."

"뉴스요?"

"어차피 일은 벌어질 것이고 매스컴에서는 그 일을 그냥 넘기지 않을 것 아닙니까?"

"그렇긴…… 하죠."

"모모, 혹시 마이즈루 해군기지에 대해 알아요?"

"호호홋, 내 이럴 줄 알았다니까요."

"예?"

"일본이 독도를 침공할 거라고 했으니 이수 씨가 마이즈루 기지에 대해 물을 거라 예상했죠."

'하여튼 대단한 여자라니까.'

"하핫, 궁금할 수밖에 없으니까요."

"군사기밀인 곳이긴 하지만 이 모모가 알려고 들면 비밀이라 할 수 있는 곳은 많지 않아요. 이수 씨는 마이즈루 기지가 독도 침공의 선봉부대라서 관심이 가는 거죠?"

끄덕끄덕.

밑져야 본전이라는 식으로 질문한 것이었지만 모모가 의

외로 많이 알고 있는 듯해서 호기심이 동했다.

"마이즈루에는 일본 제3호위대군이 머물고 있어요. 독도에서 가장 가까운 일본의 해상 전력인 셈이죠. 그 말은 곧 독도를 침공한다면 대한민국이 가장 먼저 맞닥뜨릴 함대란 뜻이에요. 모항인 마이즈루는 독도에서 380km 떨어져 있어요. 주력은 곤고급 이지스 구축함이고요."

'헐, 이지스함이라니.'

이지스함 한 척만으로도 동해 1함대를 상대할 수 있는 전력이었다.

"그 외에도 다수의 함정이 있어요. 그리고 소류급 잠수함을 보유하고 있죠."

'잠수함까지?'

"소류급이라면……?"

"저도 거기까지는 자세히 알지 못해요. 다만 AIP를 탑재했다는 정도만 알아요."

"AIP가 뭡니까?"

"AIP 시스템은 디젤과 전기를 겸용해서 운행한다고 들었어요. 그러니까 수중에서 추가적인 산소 공급 없이 동력을 공급할 수 있어서 더 오랫동안 스노클링을 하지 않아도 잠항을 할 수 있게 해 준다는 거죠."

"잠항 기간이 늘어난다는 말이군요."

"그렇죠."

'대단하네.'

문득 드는 생각은 없애려니 아깝다는 것이었다.

"더 이상은 능력 부족이라…… 호호홋."

"그 정도면 충분히 도움이 됐어요."

듣고 보니 슬슬 욕심이 난다.

'모모에게 일본 군대의 전력을 알아 달라고 하면…….'

담용은 이내 그 생각은 접었다.

'국정원에 도움을 요청하면 돼.'

도감청이 우려되지만 암어라면 금세 노출되는 일은 없을 것이다.

"모모, 하루 더 머물 수 있을까요?"

"그럼요."

"일이 생기면 더 빨리 나갈 수도 있겠지만, 좀 쉬면서 다음 일을 모색해 보려고요."

"이후에는 귀국하시는 거예요?"

"그건 저도 미정입니다. 뭐, 일주일 안에는 가게 될 겁니다."

"독도 침공 때문이죠?"

"맞아요. 귀국해서 뭐라도 해 봐야 할 것 같아서요."

"일본 정치인들은 너무 후안무치한 작자들이에요. 저도 이수 씨를 만나고 난 후에 공부를 좀 해 봤는데요. 일본이 2차대전 동안 인류 역사상 가장 끔찍한 잔혹 행위를 저질렀다는 것을 알았어요. 그러고도 역대 수상들이 하나같이 과거에 대한 반성이라곤 단 1도 없으니 참으로 잔인한 족속이에요."

콧등까지 찡그리면 분기탱천하는 모모의 모습이 참으로 귀엽다는 생각이 들었다.

"후후훗, 이제라도 알았으면 됐어요. 어쨌거나 한국에 올 기회가 있으면 꼭 연락하세요. 신세 진 건 갚아야 하니까요."

"에이, 신세랄 것까지야……. 난희와 저를 위기에서 구해준 것만으로도 차고 넘치는데요 뭐."

"하핫, 그래도 제 마음이 그렇게 시키니 꼭 연락 주세요."

"호훗, 알았어요, 한국에 가게 되면 꼭 연락드릴게요."

BINDER
BOOK

# 독하지 않으면 장부가 아니다

침대에 몸을 뉘였지만 막상 자려고 하니 잠이 오지 않는다.

'순서를 어떻게 한다?'

선제적으로 할 일은 이즈마루의 제3함대를 궤멸시키는 일이다.

하지만 그럴 만한 능력이 있느냐와 있다면 어떤 방식으로 해낼 것이냐가 문제였다.

'소멸시키는 게 답이긴 한데……'

근데 이건 너무 노골적으로 티가 나는 일이어서 걸쩍지근하다.

독도 침공에 맞춰 지옥유령이 등장해 제3호위함대를 소멸시킨다?

당연히 고교와 야스쿠니신사의 소멸이 대한민국의 소행임을 자인하는 꼴이 될 수밖에 없다.

'쉬운 게 하나도 없네.'

일본의 독도 침공.

진저리가 나도록 일본과는 조상 대대로 악연이다.

선조 때부터 이어져 온 악연의 고리를 끝내고 싶은 심정이야 불길처럼 뜨겁지만 걸리는 것이 너무 많아 그러고 싶어도 못 한다.

겨우 한다는 짓이 지금처럼 소소한 보복이 전부다.

그러나 담용으로서는 야스쿠니신사의 소멸과 고교의 초토화 그리고 도쿄도청의 반파만으로는 성에 차지 않았다.

'그래, 바라고 바라던 기회가 왔잖아.'

그것도 독도 침공이라는, 일본 스스로 만들어 준 기회였다.

'담담하자. 나는 나이자, 곧 대한민국이 낳은 현시대의 아이콘이다. 그런 내가 이 시대에 존재함은 일본의 불행이라고 여기면 돼. 죄의식을 가질 것도 없어. 일본 놈들은 한층 더 심했잖아. 이건 그에 비하면 실로 가소로운 일이지.'

담용은 스스로를 합리화하려고 애를 썼다.

인명이 걸린 일이기에 그런 걸쩍지근한 마음을 뛰어넘어서야 했다.

'그냥 못된 양아치 같은 이웃을 손본다고 생각하면 돼.'

자위대 군인들도 귀한 생명이긴 마찬가지였지만 애써 무시했다.

총을 든 군인인 이상 민간인과 대우를 달리해도 양심에 꺼려지는 것이 덜했다.

우리 백성들은 수도 없이 죽인 일본이 아닌가?

역사 이래로 단 한 번도 이로웠던 적이 없었던 이웃인 일본이다.

노략질, 침략, 살인, 강간, 납치, 약탈, 수탈 등등 일로 헤아릴 수가 없다.

인간이 할 수 있는 온갖 못된 짓의 총화라고나 할까.

그로 인해 온 산하가 황폐화되고, 피는 내를 이루고, 시체가 산을 이루고, 민초들의 통곡이 산천을 뒤흔드는 절절한 한恨이 세세연연 이어져 왔다.

이제 그 빚을 조금이나마 받아 낼 때였다.

그것이 비록 한강물을 바가지 하나에 퍼 담는 일일망정 하고 안 하고의 차이는 극명한 것이다.

담용은 그렇게 정신적 무장을 재확인하고는 행여 약해질 수 있는 마음을 더 단단히 조여 맸다.

'아무래도 프라나의 도움을 받아야겠군.'

아직은 낯선 상급의 경지였고, 그에 걸맞은 수법 역시 잘 알지 못해서다.

-프라나, 좋은 방법이 없을까?

-……네?

-아, 내가 주제를 말하지 않았군.

되묻는 걸로 보아 확실히 의식 속의 마음을 읽지 못하는 게 맞는 것 같다.

사실이라면 프라나가 뜬금없는 질문을 받은 격이다.

-일본이 우리나라 독도를 침공한단다. 전두엽을 개방할 테니 해결책을 내놔 봐.

-잠시만요.

살짝 어지럼증이 나타났다가 이내 사라졌다.

담용 스스로 해결책을 모색하기보다 프라나에게 전적으로 의지하는 이유는 두쉬얀단의 능력에 대해 프라나가 더 잘 알고 있기 때문이었다.

특히나 앱설루트 경지에서도 상급에 이르렀으니, 담용으로서는 생소할 수밖에 없어 프라나에게 전적으로 의지하는 것이다.

-주인님.

-어, 방법이 있겠어?

-방법은 많아요. 다만…….

-다만 뭐?

-인명 피해가 클 거예요.

-그건 좀…….

담용이 하고자 하는 일에 인명 피해가 전혀 없을 수는 없다.

하지만 그것도 어느 정도껏이지 애먼 희생자들이 많이 생긴다면 국제적으로 지탄을 면치 못한다.

아니, 그 전에 담용 자신이 괴로워서도 피하고 싶은 일이었다.

-그럴 줄 알았어요.

-엉? 다른 방법이 있어?

-주인님, 독하지 않으면 장부가 아니라고 했는데요.

'하! 그런 건 또 어디서 봐 가지고는······.'

-마! 그건 냉병기 시대나 통하는 옛날 얘기야. 인권을 중시하는 지금 시대에는 턱도 없는 말이라고. 답답하게 굴지 말고 빨리 말해 봐.

-링 오브 파이어, 즉 불의 고리를 이용하시면 돼요.

-뭐? 불의 고리라고?

-환태평양 조산대요. 그러니까 지진을 이용하라는 거죠.

-지, 지진?

-네.

-그게 말이 돼?

-돼요.

'헉! 되, 된다고?'

-차크라를 온on 시켜 보면 주인님의 능력이 어느 정돈지

금방 알 수 있어요.

'아하! 그러고 보니 한 번도 차크라를 가동시켜 보지 않았구나.'

―그으래? 해 보지, 뭐.

―자, 잠깐만요.

―왜?

―주인님, 아주 살짝 흉내만 내셔야 해요.

―엉? 그건 또 뭔 소리야?

―평소처럼 무심코 가동시켰다가는 이 집이 터져 나갈지도 몰라요. 그거 책임 못 져요.

―뭐어? 그, 그 정도라고?

'설마?'

―그럼요. 진짜 아주 살짝만 가동시켜서 간만 보셔야 해요.

―아, 알았어.

'이거 은근히 떨리는데…….'

프라나가 엄포를 놓느라 주의를 주는 게 아님을 알기에 담용은 정말 아주 사알짝 차크라를 열어 가동시켰다.

아니, 가동시키려고 했다.

한데 순간 '우릉!' 하는 천둥 같은 소리에 이어 난데없이 옷이 부풀어 오르는 것에 깜짝 놀란 담용은 얼른 차크라를 닫았다.

'헉!'

내심 식겁했는지 담력이 어지간한 담용도 말이 떨려 나왔다.

-프, 프라나! 바, 방금 느꼈어?

-당연히 느꼈죠. 근데 이건 상상 밖의 큰 힘을 가진 큐브 데요?

'맞다, 큐브. 깜빡 잊고 있었네.'

앱설루트의 경지에 든 이후부터 차크라에 반응이 없었던 큐브라는 분신의 본체가 생성됐다.

즉, 분신이 큐브에 의해 생성되고 조율되는 것은 차크라의 핵이기 때문이다.

물론 그 동력은 원천은 차크라다.

-그래, 어느 정도의 위력일 것 같아? 대략 감은 잡히지?

-큐브의 규모로 보아 위력은 말할 것도 없고 공간 이동까지 가능할 것 같은데요.

-진짜로 고, 공간 이동이 가능하다고?

-네, 상급 경지의 꽃은 뭐니 뭐니 해도 공간 이동이죠.

-야! 공간 이동이라면 단번에 먼 길을 갈 수 있다는 거냐?

-맞아요. 축하드려요, 주인님.

-어? 그, 그래.

얼떨결에 대답한 담용도 어리둥절하기는 마찬가지였다.

'헐! 공간 이동이라니, 이런 꿈만 같은 일이 있나?'

—나디가 전에 없이 자신 있어 하던 게 다 이유가 있었네요. 공간 이동이라니. 전 영감님 이후론 못 볼 줄 알았거든요.

—큐브에 대해 나디가 너보다 더 잘 안다는 뜻이야?

—나디는 차크라를 보호하는 최후의 지킴이 역할도 하거든요. 그러니 큐브의 생성 과정도 잘 알고 있어서 저보다 자세히 알고 있을 거예요.

'그으래?'

이거 또 하나 알게 됐다.

'나디 이놈이 은근히 엉큼한 구석이 있었네.'

시치미 뚝 떼는 모습이라니.

그래도 귀여운 것은 나디에게 콩깍지가 씌어서였다.

—공간 이동이라면 내 마음대로 어디든 갈 수 있다는 거지?

—네. 대신 가고자 하는 목적지의 풍경이나 모습이 자세하게 그려져 있어야 해요. 주인님이 한번 거쳤던 곳은 생각만으로도 갈 수 있고요. 그래서 타운 포탈이라고도 해요.

'타운 포탈……'

타운이 도시이니 포탈을 열어 도시와 도시를 이동하는 게 가능해진다는 의미로 해석됐다.

—가까운 거리는 에어 플라이(공중부양)로 이동하면 돼요.

-그건 연습을 더해야 돼.

시부야에서 균형을 잡지 못해 이리 부딪히고 저리 처박히는 원맨쇼를 한 기억이 아직도 선명했다.

그때 생긴 멍이 아직도 사라지지 않고 있었다.

-누구나 처음은 있는 법이죠.

-아무튼! 사진이라면 어때?

-그건 더 정확하죠.

'호오, 이거 횡재한 게 분명하지?'

공간 이동이 가능하다면 시간을 극도로 단축할 수 있다는 얘기가 된다.

'쯧, 이렇게 되면 시간이 촉박할 일은 없겠는걸.'

-흠, 사진이 부착된 지도가 있으면 어디든 이동이 가능하다는 얘기네?

-그렇죠. 최신판이면 더 좋아요.

이건 스킬 중에서도 대박 스킬이었다.

'비행기를 탈 필요도 없는 거잖아?'

그냥 공간 이동으로 오고 가면 누구도 알 수 없다.

'헐! 이거 암살에도 유용하겠는걸.'

마음에 안 드는 놈이 있으면 단번에 다가가 그냥 쓱싹해 버리고 공간 이동으로 돌아오면 완전범죄가 따로 없다.

거기에 투명화 수법과 캡슐 슈트까지 더해진다면 암살자로서는 무적이나 다름없다.

기분이 한층 고양되는 기분인 담용이다.

'날이 밝으면 서점부터 가야겠군. 아, 모모 것을 잠시 빌렸다가 갖다 두면 되겠네.'

이게 모두 공간 이동이 가능해진 덕에 할 수 있는 여유였다.

-거리는?

-거리는 의미가 없어요.

-엥? 하면 미국까지도 갈 수 있다고?

-마음이 있는 곳에 몸이 따라가는 이치라 이해하면 돼요.

'신심일여身心一如로군.'

불가에서 하는 말로 '마음 가는 데 몸도 함께한다'는 뜻이다.

이게 공간 이동의 이치라니 실감이 나지 않았다.

-성자 영감님은 공간 이동으로 세상 곳곳을 나다니며 안가 본 곳이 없었는데요? 덩달아 저도 구경하느라 신이 났었지요.

'오호! 그렇단 말이지. 이거 한가해지면 세계 명소들을 찾아 유람이나 해야겠는걸.'

-주인님이 이토록 막대한 양의 차크라를 지니고 있을 줄은 짐작도 못 했어요. 성자 영감님도 이 정도는 아니었던 기억이거든요.

문제가 단박에 해결되어 버렸다.

'후훗, 기분은 좋으네.'

—그 탓에 큐브가 이토록 강력한 파워를 내포하고 있는지도 몰랐어요.

'아하, 프라나가 전과는 달리 내 의식을 꿰뚫어 보지 못하니 그럴 수도 있겠네.'

—그래, 지진을 이용하면 된다고 했지? 방법을 말해 봐.

—동해안의 지진대를 건드리는 거예요.

—거긴 지진대가 없지 않나?

—주인님, 대한민국에도 지진이 관측되고 있거든요.

맞다, 약해서 그렇지 없진 않다. 그것도 의외로 잦은 편이었다.

지진에 대한 경각심이 거의 없는 담용이나 대다수 한국인들은 그런 사실을 잊고 살기에 무감각했다.

—아, 그걸 이용하자 이거지?

—바로 그거예요.

원인이야 만들면 되는 것이니 문제가 없지만 차크라 큐브, 아니 분신들이 과연 그만한 위력을 낼 수 있느냐가 문제다.

—근데 큐브의 분신이 지진을 일으킬 정도로 강력할까?

—모자라지 않을 거예요.

'모자라지 않다고?'

프라나의 애매한 표현이 살짝 불안하게 한다.

—흠, 파워의 위력은?

─시뮬레이션을 대신해서 한번 시험해 보실래요?

 ─뭐? 지금?

 ─네, 저도 궁금해요. 그리고 못 할 것도 없잖아요?

 프라나의 의도가 무엇이었든 간에 담용도 구미가 확 당기
는 것을 강하게 느꼈다.

 담용이 대꾸를 못 하고 머뭇거리자 프라나가 의념을 전해
왔다.

 ─주인님이 일본에서 가장 미워하는 장소나 기업이 있을
거 아니에요?

 '그야 엄청 많지.'

 일본 재벌들 중 대다수가 원수라 해도 지나친 말은 아닐
것이다.

 어쩌면 하나같이 여태껏 망하지 않고 세계적으로 떵떵거
리는 재벌이 되어 있는지…….

 그런 만큼 한국인들의 일본에 대한 원한이 골수에 사무쳐
있다는 뜻이기도 하다.

 ─지금이면 사람이 거의 없을 시간이니 인명 피해도 적을
거예요.

 ─굿 아이디어이긴 한데, 하던 얘기를 마저 끝내고 해.

 ─아, 지진은 흉내만 내는 거니까 약간만 흔들어 줘도 충
분할 거예요.

 '흉내만 낸다고?'

잠시 뇌리를 굴리던 담용이 뭔가를 떠올렸는지 탄성을 내질렀다.

ㅡ아, 알겠다!

실제로는 차크라 큐브로 해결하겠다는 의미였고, 큐브는 곧 여러 개의 분신을 퍼뜨려 그 위력의 효율을 높이는 것이다.

'이지스함의 무게가 장난이 아닐 텐데…… 뒤집을 수 있을까?'

의문이 들었지만 어차피 실행해 보지 않고는 알 수 없는 일이었다.

ㅡ이해했으면 됐어요. 이전보다 훨씬 강해진 큐브에게 명령을 내리면 알아서 할 거예요. 주인님은 차크라를 운기하면서 큐브와 감응을 지속적으로 이어 가기만 하면 되고요.

'후후훗, 기대가 되는군.'

ㅡ아참, 우리나라 동해안 그러니까 경주와 울산, 삼척, 동해 등에 피해가 없을까?

ㅡ영향이 전혀 없다고는 할 수 없어요. 이를테면 쓰나미까지는 아니더라도 엄청난 너울성 파도 같은 게 생길 거예요. 미리 비상 대피령을 내려 피해가 없게 해야죠.

ㅡ시작 지점이 중요하겠군.

ㅡ맞아요. 진앙지를 최대한 일본 해안 쪽으로 붙여야죠.

ㅡ마이즈루 해안에 관한 책자는 없어?

-없어요. 모모 님이 그쪽은 관여하지 않는가 봐요.

'아무래도 서점을 다녀와야겠군.'

그래도 지진은 너무 무모한 것 같아 당시 상황을 고려해서 결정하기로 마음을 먹었다.

-근데 주인님.

-응?

-주인님의 마음이 조금이라도 편하려면 미리 예고장을 보내는 건 어때요? 사람들이 피할 수 있게요.

-아, 저번처럼 말이지?

얼마 전에 오테마치역 근처의 가로등 위에 고쿄를 노리겠다는 예고문이 적힌 깃발을 보낸 바가 있었다.

-그것도 괜찮은 생각이다. 어디가 좋을까?

-내각수상 관저요. 치요다구에 있어요.

-좋아, 이따가 보내자고. 근데 피해 범위가 클까?

-저도 알 수 없어요. 야스쿠니신사에서 분신이 자폭했을 때 그 범위를 봤으면 알 수 있을 텐데 아쉽네요.

'그것까지야 알 수 없지.'

-근데 나디는 어딨지?

-제 감각에 도쿄박물관 쪽에 있는 걸로 느껴져요.

오쿠라 수장고는 벌써 털고 지나갔다는 의미.

프라나와 나디는 어디에 있든 큐브라는 매개체를 이용해 서로 감응하는, 둘이면서도 하나인 개체여서 위치 확인이 가능했다.

'크크큭, 오쿠라 측에선 지금쯤 비상이 걸렸겠군.'

―참, 아까 하던 얘기요. 주인님은 어디 어디가 마음에 안 들어요?

―미쓰비시, 미쓰이, 스미토모 등등 많지.

―그중 한 곳을 택해 큐브를 시험해 보는 건 어때요?

'하, 프라나 이 자식…… 은근히 사람을 몰아붙여서 꼬드 기는 재주가 있네.'

뭐, 싫지는 않았다.

―미쓰비시 중공업.

담용이 단언하듯 미쓰비시를 먼저 택했다. 이미 한국 정부 에 미쓰비시 조선소를 없애겠다고 호언장담을 했기에 최우 선으로 이곳을 노리기로 했다.

미쓰비시의 만행은 유명하다.

1890년 조그만 섬을 사들여 해저 탄광을 개발했다.

지하 1km가 넘는 곳에 위치한 해저 탄광 안은 좁고 온도 가 45℃를 넘는 데다 유독가스 또한 수시로 분출되는 악조건 의 작업 현장이었다.

그 섬이 바로 군함도라는 곳으로, 조선인들을 대거 징용 해 강제 노역을 시킨 것은 두고두고 잊을 수 없는 사건이 었다.

수많은 조선인들이 영문도 모른 채 이곳에 끌려와 고통 속에서 죽어 갔으며, 그나마 살아남은 자들마저 나가사키에 떨어진 원자폭탄으로 인해 방사능 피폭을 당해야 했다.

더 괘씸한 점은 2015년도에 중일전쟁에서 포로로 끌려온 중국 징용 노동자들에게는 공식 사과를 했지만 대한민국에는 사과의 'ㅅ' 자도 없었다는 점이다.

이유는 식민지 조선인 징용은 합법인 만큼 사과나 보상의 대상이 아니라는 것이었다.

'으으…… 생각할수록 울화가 터지는군.'

그런 사실도 모른 채, 후손들은 미쓰비시 계열 회사가 생산한 니콘 카메라를 애용하고 있다.

'다른 제품들은 또 어떻고?'

미래에는 그런 것들을 여과 없이 애용한다는 것도 땅을 치고 통곡할 일이었다.

꼭 뭐 대 주고 뺨 맞는 꼴이니 어찌 울화가 터지지 않을까.

─주인님, 미쓰비시 중공업으로 해요? 미쓰비시 전기도 있어요.

─기다려 봐.

이미 마음속으론 미쓰비시 중공업으로 정한 뒤지만 일단 다음에 손을 볼 생각으로 담용은 미쓰이 그룹을 떠올렸다.

일본에서 두 번째 가는 재벌로 특히 미쓰이 광산에 원한이 골수에 사무친 한국인들이 많았다.

일본 최대인 미이케탄광을 운영하면서 조선인들을 강제징용 해 노역시킨 기업이 바로 미쓰이였다.

이들 회사 제품 역시 배알도 없이 선호하는 한국인들이 적지 않다는 것이 담용을 우울하게 했다.

일본의 세 번째 재벌인 스미토모는 아시아태평양 지역 120여 사업장에 조선인을 강제징용 해 노동력을 착취했다.

이들 전범 기업을 한국으로 진출하게 한 금융위원회 당사자들의 뇌 구조를 의심하지 않을 수 없다.

마음 같아서는 배알이라곤 눈곱만치도 없는 놈들을 확 갈아 마셔 버렸으면 하는 심정이었다.

담용은 최종 결정을 내렸다.

-미쓰비시 중공업으로 하지.

-본사와 공장 둘 다요?

-본사는 도쿄 도심에 있으니 당장은 어렵지. 근데 공장 주소를 모르잖아?

-저기 책장에 지도하고 안내 책자가 무지 많은데요?

그러고 보니 이 방이 모모의 방이라 관광 가이드답게 각 지역의 명소를 소개하는 안내 책자들이 적지 않게 꽂혀 있었다.

-찾아봐.

-이미 찾았어요. 위에서 둘째 칸에 나가사키 편을 고르면 돼요.

-나가사키라면 엄청 먼 거린데…….

일본 남부의 규슈에 위치해 있으니 땅끝마을이라고 해도 과언이 아니다.

아무리 상급의 경지에 도달했어도 상식적으로 가능할 것 같지 않았다.

'보자. 거리가……?'

뒤적뒤적.

-휘유우-! 1,300km라니. 이거 가능하겠어?

-저도 잘 몰라요. 성자 영감님은 한 번도 이런 걸 한 적이 없었거든요.

-그분이야 평화주의자니까 그렇지.

-시간 끌 것 없이 빨리 차크라를 운용하세요.

-그다음은?

-거기 사진도 선명하게 나왔네요. 분신들이 목적지에 당도해서 임무를 완수할 때까지 지도와 사진을 뇌리에 각인시킨 상태를 계속 유지해야 해요.

'흠, 그러니까 분신이 나가사키에 도착해 사진과 똑같은 장소를 찾아 명령을 이수할 때까지 차크라를 운용하고 있어야 한다는 뜻이로군. 쯧, 쉬운 게 없구만.'

어차피 한 번은 시험 운용을 해 봐야 하는 일이라 담용이 떠밀리듯 결가부좌를 틀고 앉았다.

두근두근.

상급의 경지에 이르러 처음 운용해 보는 차크라 발현에 담용의 심장박동이 빨라지기 시작했다.

'차크라 온!'

우릉.

프라나의 '쿨렁'도 나디의 '울렁'도 아닌 힘찬 하울링이 초장부터 겁박을 하듯 울어 댔다.

예전 같았으면 펌핑된 기운이 신체 각 부위를 활성화시키면서 전신으로 팽팽한 느낌이 전해졌다면 지금은 운기를 하는 순간, 전신이 묵직해지는 기분이었다.

ー이제부터는 제게 맡기세요.

ー실수가 없도록 해.

ー주인님은 운기만 하세요, 운용의 묘는 이 프라나가 살릴테니까요.

큐브의 운용은 프라나가 전문가나 다름없어 맡기는 게 나았다.

순간, 분신들이 빠져나가는지 정수리가 조금 허전해지는 기분이 들었다.

그것도 두 번씩이나.

ーS1과 S2를 보냈어요. 지도와 사진을 떠올리면서 운기를 멈추면 안 돼요. 중요한 건······.

ー응? 왜 말하다 말아?

ー통쾌하게 티가 나게 해요, 아니면 사고로 위장해요?

-엉? 그게 뭔 말……. 아, 아, 알겠다.

말인즉 미사일처럼 쏴서 노골적으로 폭발하게 하느냐 아니면 부주의 사고로 주저앉게 하느냐 둘 중 하나를 택하라는 거다.

-근데 그게 가능해?

-지금 주인님의 의지가 미쓰비시 중공업의 파괴잖아요?

-맞아.

그것도 회복이 불가능할 정도로 완전한 초토화를 원했다.

-분신들도 주인님의 의지에 따라 움직인다고 생각하면 돼요.

-그렇다면…… 유성이 떨어진 것으로 위장하는 게 좋겠다.

-명령했어요. 이제 폭발물이나 연료 같은 인화물을 찾아 폭발할 거예요.

-난 완파를 원한다.

독하게 마음먹었던 바를 말했다.

-얼마나 걸리겠어?

-주인님, 방금 완파라고 하셨어요?

-그래. 왜? 뭐가 잘못됐어?

-완파시키려면…… 분신들만으로는 어려워요. 그리고 여기서 하기에 너무 멀고요.

-뭐? 이유가 뭐야?

―분신들이야 거리가 멀면 멀수록 위력이 약해져요. 차크라도 거리상 온전한 힘을 발휘하기 힘들고요.

―하면? 어떻게?

―가까이 가면 되죠.

'아! 하긴 직접 가서 하는 게 맞긴 하지.'

―지금 이 시간에?

―성자 영감님의 경험으로는 금방 도착하더라구요. 이게 지금 기차를 타고 가거나 비행기를 타고 날아가는 게 아니고 공간 이동을 하는 거잖아요.

'아, 맞다. 타운 포탈!'

담용은 타운 포탈이 초능력책에서 본 텔레포트 개념과 유사하다는 것을 알았다.

―분신들이 도착했어요.

'헛! 벌써!'

속도의 개념을 송두리째 뒤집어 버리는 타운 포탈의 수법에 담용도 어안이 벙벙했다.

―어떻게 할까요?

'흠, 이 새벽에 일을 치르면 아침이면 뉴스로 확인할 수 있겠지.'

최형만 차장에게 큰소리 펑펑 쳐 놨으니 약속은 지켜야 했다.

뭐, 약속 이전에 나라의 운명이 달렸다는 게 더 큰 문제지만 말이다.

"그래, 직접 다녀오자."

조금 불안한 것은 여태껏 단 한 번도 시도해 보지 않았던 타운 포탈이라 두려운 마음이 없지 않다는 점이었다.

하지만 언젠가는 경험해 봐야 하는 타운 포탈이고 보면 지금이 그런 기회인지도 몰랐다.

기회란 준비됐을 때보다 예측 불가능인 때에 왕왕 도래하는 경우가 더 잦지 않은가?

시간은 자정을 넘어 새벽 1시가 다 되어 간다.

'시간이야 상관없지만 조금 피곤하다는 게 문제로군.'

그러나 기왕에 마음먹은 바라 미루고 싶지 않았다.

뭐든 처음은 있는 법이고, 또 그만큼 흥분되는 마음도 없지 않았다.

─가자!

은근히 스며드는 두려움을 내치기라도 하듯 포효로 대범하게 내지르는 담용이었다.

─히힛, 저도 그러길 바랐어요.

─근데 걸리는 건 없겠냐?

─아! 차크라를 외부로 발산시켜 전신을 감싸는 걸 명심하세요.

아마도 타운 포탈로 인해 생기는 마찰력을 의식한 것이리라.

-가드 포스(강기)면 되냐?

-충분해요. 그리고 나가사키까지는 거리가 좀 있어서 아직은 한 번에 도착하려는 시도를 하기보다는 오사카시를 거쳐서 가는 것을 추천해요.

담용이 지도 책자를 넘기며 살펴보니 도쿄에서 나가사키까지는 1,230km이고, 오사카는 503km였다.

'503km라도 상당한 거린데……'

불안감이 살짝 가중됐지만 기호지세였다.

-그렇게 해.

-좋아요. 시작하기 전에 경고장 보낸다면서요?

-아, 그렇지. 근데 나디가 있어야 메모지를 얻지.

담용의 모든 일상품은 나디의 공간에 보관하고 있었기에 난감해하는 담용이다.

'모모에게 달라고 해야 하나?'

곧 고개를 저었다.

모모의 것을 사용할 수도 있지만 혹여 노출이나 증거가 될 수도 있기에 피해야 했다.

-주인님, 나디가 공간을 제게 맡기고 갔어요.

-오! 그래?

나디의 세밀함이 드러나는 순간이었다.

-4절지부터 16절지까지 있어요.

'그거야 내가 준비한 건데 내가 더 잘 알고 있지.'

-큼지막하게 쓰게 4절지로 줘.

팔랑.

말이 떨어지자 허공에서 복사지 한 장이 내려앉았다.

'이번엔 일본어로.'

-주인님, 신비주의로 가려면 종이는 그 격이 맞지 않아요.

'뭐? 신비주의?'

담용은 전혀 생각지도 못했었는지 고개를 갸웃했다.

-그게 무슨 말이야?

-이제 상급의 경지에 들었으니 격을 좀 높였으면 해서요.

'격을 높이라고?'

살짝 당황한 담용이다.

그럼 여태 거지 깽깽이 같았단 말인가?

'이 자슥이…….'

일단 더 들어 보자.

-일본인들은 미신을 신봉하잖아요?

-그, 그렇지.

일본은 한국으로 치면 교회나 절처럼 도시는 물론 마을마다 갖가지 신을 섬기는 신사가 있으니 미신 중독증이라고 해도 과언은 아닐 것이다.

심지어는 외국에서 온 신도 정당화시켜 신사를 지어 놓고 절을 한다.

나아가 마치 신을 믿지 않으면 죽기라도 하는 것처럼 열심이기도 하다.

　ㅡ아마테라스 오미카미를 내세우면 어때요?

　ㅡ그거 일본 왕실에서 직접 관여하는 최고의 신인데?

　ㅡ과거부터 현재까지 일본인들이 행한 짓거리에 화가 난 걸로 하면 괜찮을 것 같은데요?

　'오호! 그거 굿 아이디어다.'

　ㅡ괜찮네.

　ㅡ장소는 어디에다 할 거죠? 아까 말씀하신 그곳인가요?

　ㅡ그래, 아까 말한 대로 내각수상 관저.

　ㅡ상징성이 있어서 좋네요.

　ㅡ하면 어떻게 격을 높일 건데?

　ㅡ허공에다 글을 쓰는 거죠.

　'허공에다 글을 써?'

　ㅡ흩어지지 않을까? 바람이라도 불면 금세 사라질 것 같은데?

　ㅡ주인님이 잘못되지 않는 한은 절대 안 흩어져요.

　ㅡ그래?

　ㅡ두고 보시면 알아요.

　프라나가 자신만만해했다.

　'하긴 상급의 경지에 대해선 프라나가 잘 알 테니 지켜보면서 학습하는 게 더 낫겠지.'

―문구를 말해 주세요.

―알았다.

담용은 그 즉시 생각해 둔 글귀를 말했다.

―天照大神の呪い(아마테라스 오미카미의 저주).

―됐어요. 자각을 주입하면서 자폭하라고 했어요.

'응? 이건 또 뭔 말이야?'

―설명해 봐.

―주인님이 상급 경지에 든 이후 분신들도 업그레이드됐지요. 당연히 자아도 더 진전되어 복잡한 명령어를 수행할 수 있게 됐단 뜻이에요.

―그래?

무지막지하고도 엄청난 스킬에 담용의 마음이 무척이나 고양됐다.

―명령어는 뭐로 했어?

―될 수 있으면 인명 피해가 없도록 하라고 했어요.

간단한 명령어인 것 같아도 그게 결코 만만치 않다는 것을 담용은 모르지 않았다.

―그들이 그걸 눈치챌 수 있을까?

―아마테라스는 몰라도 플루토는 알 수 있을 거예요.

'아참, 그들이 있었지.'

어째 자꾸 깜빡깜빡한다.

아직 상급 경지가 익숙해지지 않은 영향이 컸다.

어쨌든 야스쿠니신사에서 분신 하나를 자폭하게 만든 장본인들이라 죽더라도 그리 애석하지 않을 것 같다.

－위력은 어느 정도야?

－처음이라 프라나도 잘 몰라요.

－대충이라도 말해 봐.

－최소한 공관은 산산조각이 나지 않을까 해요.

'후우, 무시무시하구나.'

듣기만 해도 절로 으스스해지는 기분이다.

사람은 물론 건물 또한 산산이 붕괴되고 부서지는 사태가 벌어질 것이다.

희한한 것은 담용이 거기에 대해 연민이 가지 않는다는 점이었다.

'쩝, 이것도 습관인가?'

결과를 보고 판단해야 할 사안이었다.

－아참, 나디는 어떡하지?

－나디는 프라나랑 교감하고 있으니 염려하지 않으셔도 돼요.

말인즉 언제든 소환할 수 있다는 뜻.

－알았다.

－그럼 오사카의 명소 중 하나를 택하세요.

오사카시는 척 봐도 오사카성이 강조되어 있어 고르고 말고 할 것도 없었다.

-오사카성.

-오사카성을 확실하게 뇌에 각인시키세요. 도착 지점은 주인님 마음에 드는 곳으로 하세요.

-꼭대기…… 그러니까 지붕으로 정했다.

'여기도 손을 좀 봐 놓고 가는 게 좋겠어.'

기왕에 들르는 경유지니만큼 그냥 가기가 서운했다.

더구나 임진왜란을 일으킨 도요토미 히데요시의 본거지라 하니 더더욱 그냥 지나치기가 어려운 곳이 오사카성이었다.

본거지가 소멸된 모습을 본 도요토미 히데요시가 지하에 서라도 통곡하기를 바랐다.

-분신들을 다시 소환합니다.

잠시 후, 뭔가 약간 채워지는 느낌이 왔다.

-제자리를 찾아갔어요.

'후우, 긴장되는군.'

프라나를 전적으로 믿지만 전인미답의 길을 가려니 가슴이 두근거리면서도 전신이 바짝 조이는 기분은 어쩔 수 없었다.

어쩌면 담용에게 있어 프라나는 사자의 포효이고, 독수리의 날개이며, 호랑이의 이빨이자, 여우의 지혜나 마찬가지였다.

두쉬얀단의 경험을 그대로 간직한 프라나였으니 새로운 수법은 의지할 수밖에 없었다.

바인더북

─준비하세요. 차크라 소모가 예상되니 당황하지 마세요. 이전 같았으면 분신을 나가사키로 보내는 것만으로도 주인님은 정신을 잃었을 거예요. 아니, 시도조차 못 했을 거예요. 그러고도 멀쩡한 것은 그만큼 능력이 하늘 정점에 이르렀다는 뜻이죠.

프라나가 치켜세우고는 있지만 심장박동은 제어되지 못하고 제멋대로 불뚝거렸다.

두근. 두근. 두근.

─준비되셨어요?

담용이 다시 한번 오사카성의 지붕을 머리에 되새겼다.

─준비됐다.

─눈을 감으세요. 차크라 온!

가차 없는 주문에 담용은 눈을 질끈 감고는 차크라로 전신을 맹렬하게 감쌌다.

동시에 오사카성의 지붕을 뇌리에 박아 넣기라도 하듯 또렷이 새겼다.

순간, '물컹!' 하는 느낌에 이어 밀도가 강한 푸딩 속으로 빨려드는 기분이 들었다.

'으윽!'

몸에 이상이 전혀 없으리라고는 생각지 않았지만 의외로 고통과는 다른 심한 욱죄임과 동시에 머리가 띵하다 싶더니 곧 멍해졌다.

마치 누군가 머리를 헤집어 뇌를 끄집어내는 듯한 기분이라면 이럴까 싶었다.

극한 빈혈 증상과 금방이라도 토하고 싶은 욕지기와 더불어 사지에 힘이 들어가지 않는 기분이다.

아울러 뭔가를 생각하기에 불가능한 상태가 지속됐다.

-도착했어요.

프라나가 전해 주는 의념이 마치 감로수인 양 달디달았다.

이어서 찰나가 억겁인 양 했던 담용의 엉덩이로 다소 둔중한 이물질이 닿는 감각이 느껴졌다.

질끈 감았던 눈을 떴지만 멍한 상태는 지속되고 있어 어질어질했다.

-주인님, 차크라를 운기해 소모된 걸 보충하세요.

-어, 그래.

그러나 실제로 이동을 했는지가 더 궁금했다.

'헛!'

정말로 원했던 장소인 지붕 꼭대기에 걸터앉은 자신을 본 담용이 헛바람부터 불어 냈다.

-감시 카메라도 없고 다른 방해되는 요소도 없으니 안심하세요.

끄덕끄덕.

뭉텅 빠져나간 차크라를 채우기 위해 담용은 그 자세로 명상에 들었다.

명상은 그리 길지 않았다.

상급의 경지는 지금까지의 습관과 관행을 완전히 무시한 탓에 담용은 채 10분도 되지 않아 명상을 끝냈다.

-좀 아깝긴 하네요.

-뭐가?

-오사카성요.

소멸시키기엔 아까운 성이란 의미로 알아들었기에 담용이 호기심을 자아내며 두루 돌아보았다.

-……?

담용의 눈에 오사카성이 한눈에 들어오는 듯한 착각이 들었다.

'헉!'

대번 드는 생각은 아름답기도 했지만 대단한 규모라는 점이었다.

겨울임에도 푸르른 나무들이 빼곡했고, 그 사이사이로 들어찬 오사카성의 수많은 누각들과 성벽 그리고 오사카성을 빙 두르고 있는 해자.

한마디로 아름다웠다.

'일본의 3대 성 중 하나라 불릴 만하네.'

1800년대 후반에 소실된 걸 1931년에 와서야 복원했다고 했다.

담용이 잠시 감상에 젖어 있을 때, 프라나의 의념이 전해졌다.

　-주인님, 시간이 없어요.

　'아!'

　할 일을 잊게 만들 정도로 아름다웠던 나머지 잠시나마 심취해 버렸다.

　-갈 길이 멀어요.

　-알았다.

　-소멸시킬 거죠?

　-당연하지.

　-그럼 차크라를 온 한 상태에서 손을 대 주세요.

　야스쿠니신사에 했던 방식이었다.

　담용은 차크라를 운기해 기왓장에 손을 댔다.

　-깨알만 한 큐브를 남겨 놓을게요.

　'큐브를 남겨 놓는다고?'

　야스쿠니신사 때는 없었던 일이었다.

　-경지가 정점에 이르렀으니 일정량의 큐브를 남겨 놓으면 차크라를 지속적으로 소모할 필요가 없어요.

　'아하!'

　담용은 그 의미를 금세 알아챘다.

　그러니까 야스쿠니신사 때는 적은 양이지만 완전히 소멸할 때까지 차크라를 꾸준히 소모해야 했지만 지금은 규모의 맞는 큐브를 남겨 놓으면 알아서 소멸시킨다는 뜻이다.

'이거 편리하네.'

ㅡ깨알만 해도 무시하지 못할 위력을 지녔지요. 야스쿠니 신사 때보다 속도가 더 빠를 거고요.

역시 상급의 경지는 하나부터 열까지 뭐가 달라도 달랐다.

ㅡ됐어요. 컨디션은 어때요?

ㅡ약간 피곤한 거 빼고는 나쁘지 않아.

깨알만으로도 소기의 목적을 달성할 수 있다 하니 피곤함마저 없어지는 것 같은 기분이었다.

ㅡ그럼 조금 서두르지요.

프라나가 미쓰비시 조선소의 사진을 내놨다.

담용이 안력을 돋워 뇌에 각인시키려다가 물었다.

ㅡ근처 사진은 없냐?

조선소 한가운데에서 할 수 있는 일이 별로 없기 때문이었다.

ㅡ있어요.

파락.

책장이 저절로 넘어갔다.

웬 조그만 섬이 나왔다.


端島(はしま)


ㅡ하시마?

-군카지마라고도 불리는데요. 섬이 꼭 군함같이 생겼다고 해서 군함도라고도 해요. 나가사키 항구에서 19km 떨어져 있으니 미쓰비시 조선소까지는 거리가 좀 돼요.

　'군함도면…… 우리 선조들이 강제로 끌려와 해저 탄광에서 노역을 했다는 곳이잖아?'

　아직은 대한민국 국민들에게 전공자나 관심 분야가 아니면 생소할 수밖에 없는 군함도라는 섬이었다.

　이건 당장 급한 게 아니니 보류.

　파락.

　또 한 장이 넘어갔다.

　'얼라? 미쓰비시 제작소도 여기 있었어?'

　여기도 무시해서는 안 되는 미쓰비시의 중추적인 기업이다. 더구나 미쓰비시 전기와도 직결되는 기업이 아닌가?

　'훗! 일타쌍피라…….'

　-주인님, 도착할 위치를 정해 주세요.

　-어디가 좋겠냐?

　-이나사산요.

　-이나사산?

　-별로 높은 산은 아닌데 거기 이나사야마 전망대에 오르면 나가사키 항구가 한눈에 들어온다네요.

　-오호! 그거 굿이다.

　미쓰비시 조선소가 인근의 제3도크에 위치해 있으니 금상

첨화다.

미쓰비시 제작소 역시 마찬가지.

'사진이……'

한 장을 더 넘기자, 곧 휘황찬란한 야경을 멋지게 찍어 놓은 정경이 눈에 들어왔다.

담용은 그 즉시 지명을 다시 한번 확인하고는 전망대의 낮과 밤의 모습을 뇌리에 각인시켰다.

그러다가 문득 떠오르는 의문 하나.

─프라나, 사람들이 있을지도 모르잖아?

─그건 프라나도 장담하지 못해요.

'이거 복불복이란 소리네.'

어쨌거나 그게 걸림돌이 된다고 해서 포기할 수는 없는 일.

도착 예정인 장소는 사진도 선명한 전망대 맨 위층의 난간 테라스로 정했다.

이어서 차크라를 운기해 강력한 가드 포스를 발산시켜 전신을 감쌌다.

─차크라 온!

또다시 '물컹!' 하는 느낌에 이어 조밀한 밀도 속으로 빨려 들어가는 듯한 감각이 전해졌다.

빈혈 증세는 처음보다는 조금 덜한 기분이었다.

멍 때리는 바보가 된 기분은 여전했지만 학습의 효과인지

심하지는 않았다.

순간, 담용이 걸터앉았던 용마루가 일시에 푹 꺼지더니 움푹 파였다.

이어서 점점 그 범위를 넓히며 속도를 더해 갔다.

마침내 오사카성의 소멸이 시작된 것이다.

# 일본열도, 혼란에 휩싸이다 Ⅰ

도쿄국립박물관 중앙 통제실.

제법 널찍한 공간의 사방 벽면에는 멀티비전식 모니터가 빼곡하게 비치되어 있었다.

감시 카메라에 비친 화상들이 모니터에 그대로 투영되고 있었다.

박물관의 외곽은 물론 내부의 로비를 비롯한 복도와 전시실들을 빠짐없이 비추며 만일에 대비하고 있었다.

새벽 2시를 향해 가고 있는 시각, 야근 근무에 임하고 있던 이와다가 크게 입을 벌리고는 연방 하품을 해 댔다.

"으아아함."

등을 지고 있던 동료 가스오가 킥킥대며 물었다.

"이와다, 낮에 잠을 자 두지 않았어?"

"충분히 잤는데도 이 모양이네."

"그거 습관이야. 졸음도 쫓을 겸 커피 한잔 할까?"

"그러자. 내 몸이 카페인을 요구하는 것 같아."

"내가 타 오지."

"어, 수고…… 엉?"

벌떡!

이와다가 갑자기 일어서더니 모니터에 눈을 바짝 갖다 댔다.

"왜 그래?"

"가스오! 저, 저기에 문인석이 있지 않았어?"

"어디?"

"저기 출입구 쪽 뜰을 보라고."

"어? 저거 파인 흔적 같은데?"

"그렇지? 문인석이 있던 자리지?"

"맞아. 평양에서 가져온 석상이 있었던 자리야. 분명히 출근할 때까지도 있었는데……."

"나도 봤어. 혹시 다른 곳으로 옮긴다는 말이 있었어?"

"아니, 그런 말은 전혀 없었어."

"썩을. 이게 어떻게 된 거지? 돌덩이가 발이 달려 도주라도 했나?"

"비상벨을 누르는 게 낫지 않겠어?"

"지금 시간을 봐. 무토 실장님이 한참 곯아떨어져 있을 시간이잖아?"

"맞아, 성질이 드센 분이라 함부로 깨우기가 어렵지."

"확실하게 확인하고 보고하자고. 지금 앞뜰은 누가 돌고 있지?"

"잠시만. 명단을 확인해 볼게."

이와다가 근무 명부를 확인하고는 말했다.

"다마다와 오구로야."

"빨리 연락해서 현장을 확인하라고 해."

"알았어."

잠시 후, 우려했던 일이 실제로 벌어진 것이 확인됐다.

하지만 곧 가스오의 입에서 비명이 터져 나왔다.

"으아아아―! 이와다!"

"아쒸, 깜짝이야! 뭔데 그래?"

"저, 저, 저것 좀 봐!"

갑자기 수전증이라도 걸린 듯 손가락을 덜덜 떨어 대며 혼비백산한 표정으로 뒤로 물러나는 가스오를 부축한 이와다의 시선이 모니터를 향했다.

"헉! 저, 저게 뭐, 뭐야?"

아무도 없음에도 불구하고 전시장에 진열되어 있는 문화재들이 저절로 사라지고 있는 것이 아닌가?

계속해서 숭숭 없어지고 있는 기상천외한 광경에 이와다

와 가스오는 말도 못 하고 버벅댔다.

두 사람은 소름이 톡톡 불거지고 머릿속이 난장과 다름없이 지끈지끈해지고 있었다.

진열대에 마지막 남은 문화재가 감쪽같이 사라졌을 때에야 이와다의 입이 떨어졌다.

"우, 우리 일본관의 유물이 까, 깡그리 사라졌어."

"아악! 주, 중국관도 동시에 사라지고 있어! 저 무거운 화상석이 저절로 사라지다니 이게 말이 돼! 귀, 귀신이 나타난 거야!"

"칙쇼! 가스오! 정신 차려!"

"방금 대당서역기가 사라지는 것 봤어?"

"지금 그게 중요한 게 아냐! 빨리 시, 실장님에게 연락해! 난 중국관으로 가 볼 테니까."

"아, 알았어. 초, 총을 가지고 가!"

"아, 그렇지."

"가스오! 벌써 조선반도관의 유물도 사라지고 있어."

"헉! 뭐가 이리 빨라! 이러다가 도착하기도 전에 전부 사라지겠다. 간다!"

권총을 챙긴 가스오가 다급히 실내를 빠져나갔다.

그사이 구내 전화를 건 이와다는 상대가 빨리 전화를 받지 않아 애가 탔다.

"아차! 이런 벼엉신. 비상벨부터 눌러야지."

꾸욱.

삐잉. 삐잉. 삐잉. 삐잉……

－통제실, 무슨 일인가?

"시, 실장님! 크, 큰일 났습니다."

－큰일? 아니, 지금 비상벨을 눌렀나?

"하, 하잇! 지, 지금 무, 문화재들이 사라지고 있습니다!"

－뭣이! 문화재들이 도난당하고 있다고?

"도난이 아니라 까, 깡그리 사라지고 있다고요."

－깡그리 사라지다니! 지금 농담하는 거야?

"아무튼 빠, 빨리 와 보십시오. 무, 무서워 죽겠습니다."

－무섭다니! 이와다! 정신 차려! 귀신이라도 나타난 거야?
뭐야?

"마, 맞아요. 귀, 귀신이 나타났어요."

－이와다! 공포는 뇌에서 일으키는 착각일 뿐이다. 정신
차려! 내 곧 가겠다.

통화가 끊어짐과 동시에 모니터를 본 이와다의 눈에 지하
에 마련된 동남아관의 유물들이 거의 사라지고 있는 게 보였
다.

그런 와중에 가스오가 허겁지겁 지하층으로 달려가는 모
습이 시선에 잡혔다.

털썩!

자리에 주저앉는 사이 천장에 닿을 듯이 거대한 유물을 끝

으로 전시관에는 단 한 점의 문화재도 남아 있지 않았다.

"마, 망했어."

두 손으로 머리를 싸맨 이와다의 표정은 마치 넋이 나간 사람 같았다.

"어, 어찌 이런 일이……. 저, 전부 사라졌어."

콰당—!

"뭐야! 로비와 복도가 왜 이리 휑한 거야?"

마침내 경비 책임자인 무토 실장이 그의 심벌 같은 성성한 구레나룻을 휘날리며 통제실에 나타났다.

"시, 실장님."

"이와다! 무슨 일이냐고 묻잖아?"

"모니터를…… 보세요."

"뭐……?"

재빨리 모니터 쪽으로 시선을 돌린 무토의 눈에 들어온 것은 유물 한 점 없는 텅텅 빈 전시관이었다.

모니터를 쭈욱 훑던 무토의 시선이 지하관에 멈추자, 권총을 든 채, 넋 빠진 모습으로 서 있는 가스오가 보였다.

뒤이어 경비원들이 차례로 전시관에 들어서고 있었다.

"이, 이럴 수가!"

띠리리. 띠리리리……

통제실의 전화기가 울렸다.

"이와다! 받아 봐! 스피커로 전환해."

"하잇! 중앙 통제실입니다."

—효, 효케이관의 미치코예요.

"아, 미치코 상, 무슨 일입니까?"

—크, 큰일 났어요. 전시품들이 몽땅 사라졌어요.

"뭐요? 전시품들이면 미술품이잖소?"

—맞아요. 빈센트 반 고흐와 에드바르트 뭉크 특별전 작품들이에요.

"그, 그게 전부 사라졌다고요?"

—그렇다니까요. 어, 어떡해요? 우린 망했어. 망했다고요. 그게 얼마짜린데…… 엉엉엉…….

"후우, 일단 기다려 보시오."

철컥!

"실장님, 들으셨죠?"

"으으음, 효케이관도 도난이 아니라 사라졌다고 했지?"

"분명히 그렇게 들었습니다."

띠리리. 띠리리리리…….

"받아 봐."

"중앙 통제실의 이와다입니다."

—여기 수장고의 겐토입니다. 지금 이상한 일이 벌어졌습니다.

"거기도 유물들이 사라졌습니까?"

—어? 알고 있었습니까?

"여기도 마찬가지니까요. 암튼 일단 별도의 지시가 있을 때까지 대기하시오."

―알겠습니다.

철컥!

무토의 눈썹이 이리저리 꿈틀대는 것으로 보아 분노가 하늘 꼭대기까지 치민 듯했다.

쾅!

"빌어먹을……."

분에 못 이긴 무토가 탁자를 내리치며 입을 악다물었다.

"이와다! 경시청에 연락해서 도쿄를 들고 나는 대형 차량들을 검문하라고 해! 특급으로 처리해 달라고 요청해."

"하잇!"

지시를 내린 무토가 전화기를 들었다.

"가네무라, 날세."

―무토, 지금 전화할 기분이 아닐세.

"거기도 털렸나?"

―엉? 알고 있었나?

"여기도 죄 털렸으니까."

―뭐라? 그럼 우리 서양미술관만의 일이 아니란 거야?

"그래, 효케이관도, 수장고도 죄다 털렸어."

―미, 미친…….

"근데 털렸다기보다 그냥 사라졌단 말이 맞는 것 같아."

−어? 맞아, 우리도 그랬어. 이게 무슨 조화지? 아는 게 있나?

"전혀. 사실 이게 현실이 아니고 꿈인 것만 같아. 누가 잠시 장난한 것처럼 말이야."

−그건 나도 같은 심정일세. 신이 우릴 놀려 먹으려고 잠시 희롱하는 게 아닌가 싶어.

"신고는 했나?"

−어, 정신이 없어서 조금 전에야 했지.

"일단 수사 진행을 지켜보고 나서 입장을 밝히자고."

−어쩔 수 없지. 힘내게.

"자네도."

철컥.

"실장님, 신고했습니다. 10분 내로 도착하겠다고 합니다."

"그야말로 젠장맞을 상황이군. 이와다, 앞뜰을 살펴보게 화면을 돌려 봐."

"하잇!"

멀티 모니터에는 경비원들이 사방을 들쑤시고 다니는 게 보였다.

화면을 조작한 이와다가 말했다.

"실장님, 여깁니다."

"새벽 1시 30분까지는 문석과 양석이 있었잖아?"

"그렇죠. 근데 1분도 채 되지 않아서 사라졌습니다."

"저거 하나의 무게가 족히 2백 kg은 나가지?"

"그 정도 무게는 될 겁니다."

"그런데도 사라져? 이게 정상인 것 같나?"

"전혀요."

"그래, 결코 정상일 리가 없지."

"저…… 혹시 말입니다."

"응?"

"심술궂은 마술사의 장난은 아닐는지요?"

"마술사의 장난이라고?"

"떼레비에서 본 적이 있습니다. 물체를 사라지게 하는 마술 말입니다."

"어? 나도 본 적이 있어. 근데 그걸로 접목하기에는 무리가 있는 것 같은데……. 마술은 실제로 사라지게 한 건 아닌데 저건 그걸로 설명이 되지 않아."

"조금 기다려 보면 나타날 수도 있지 않겠습니까?"

"마음은 알겠는데 이건 실제 상황이야. 아무리 유능한 마술사라도 유리관을 파손하지 않고 사라지게 할 수는 없어."

"사실 저도 제정신이 아니라서 말도 안 되는 말을 했다는 걸 압니다만, 실장님도 보다시피 상식을 파괴하는 현상이라 마술사들도 수사 대상에 포함시킬 것을 권합니다."

'일리 있는 말이군.'

"알겠다."

"손해가 막심합니다. 되돌려받지 못하면 피해액이 얼마가 될지 상상도 안 됩니다."

"후우, 문화청에는 뭐라고 보고하지?"

"불가항력이었지 않습니까? 사실 그대로 보고해야지요."

"쯧, 이걸 믿어 줄 사람이 몇이나 될까?"

"녹화된 걸 보여 주면 됩니다."

"그야……. 그나저나 단서라고 할 게 없으니 어디서부터 손을 대야 할지 감이 안 잡히는군."

똑똑똑.

"경시청에서 왔나 봅니다."

"어서 열어 줘."

"하잇."

담용이 차크라를 운기해 큐브를 발현한 그 시각.

미국 플루토 소속 대원들은 주미 대사관이 소재한 미나토 구의 그랜트호텔에서 투숙하고 있던 중이었다.

레드폭스 팀의 팀장인 짐머 코란트가 밤늦게까지 명상 중에 있다가 갑자기 뭣에 놀랐는지 '헉!' 하고 경기를 일으키더니 느닷없이 침상을 박차고 일어섰다.

"그, 그놈이다!"

"티, 팀장님!"

같은 방에 투숙하고 있던 하프너가 덩달아 놀라서는 얼른 침상을 벗어났다.

"왜, 왜 그러세요?"

"하프너! 바, 방금 못 느꼈어?"

"뭐, 뭘요?"

"누군가 기운을 발현시켰단 말이다! 점점 멀어지고 있지만 계속 이어지고 있어!"

"허억! 저, 정말요?"

"마! 나 아직 팔팔해!"

코란트가 버럭 화를 냈다.

"아, 누가 뭐랬어요? 위치는요?"

"진원지는 확실치 않아. 하지만 신사에서 느꼈던 지옥유령의 매개체와 유사한 기운이야."

"그놈이 맞을 거예요. 그놈이 아니면 그만한 기운을 발현시킬 에스퍼는 없어요. 지금 어디로 향하고 있어요?"

"남쪽인 것 같아. 너무 희미해서 확실하지는……. 얼라?"

"왜, 왜 뭐가 또 잡혀요?"

"마! 너도 집중해 봐!"

"자, 잠시만요."

"불쉿! 바, 바로 이 근처에 나타났어!"

"앗! 저, 저도 느껴져요!"

"거스를 불러!"

"아, 그렇지. 당장 호출할게요."

"제시카와 멜런 씨도 깨워!"

"다른 단원들은요?"

"출동 준비만 해 놓고 대기하라고 해. 거스가 먼저 확인해 봐야 하니까. 너도 옷부터 갈아입어, 곧 출동할 테니까."

"옛썰!"

쿵쿵쿵…….

하프너의 대답과 때를 같이하여 다급하게 문을 두드리는 소리가 들려왔다.

"벌써 왔군. 열어 줘."

"옙!"

하프너가 문을 열자, 머리가 까치집이 된 거스가 들어섰다.

"팀장님! 느꼈죠?"

"그래, 북쪽 방향 같아. 네가 안테나를 바짝 세워서 확실히 알아봐!"

"이미 알아봤습니다. 팀장님과 같이 북쪽입니다. 거리는 5km 내외이고요. 근데 제가 도쿄 지리를 잘 몰라서……."

"젠장 할. 기다려 봐!"

코란트가 급히 휴대폰을 찾아 단축키를 눌렀다.

─하이, 코란트 씨. 시미즈 겐조입니다.

"시미즈 씨, 여기 미국 대사관에서 북쪽으로 5km 지점이면 어디쯤이오?"

-5km 지점이라면 대략 총리대신 관저쯤 되겠습니다. 뭐 때문에 그러십니까?

'빌어먹을. 최악이구나!'

"겐조 씨, 당장 총리 관저로 오시오. 그쪽에 지옥유령이 나타난 것 같소."

-네엣? 확실합니까?

"방금 지옥유령의 기운이 감지됐단 말이오. 지금 그걸 따질 시간이 없소. 도착하는 데 얼마나 걸릴 것 같소?"

-3분이면 되지만 준비 땜에……. 늦어도 5분이면 도착할 수 있습니다.

"우리도 그쯤 걸릴 거요. 그리고 지금 당장 총리 관저에 연락해서 대피하라고 하시오."

-하, 하잇!

탁!

"팀장님, 다들 준비됐습니다."

"그럼 무얼 꾸물거리나! 당장 출발해!"

도쿄 치요다구 거리.

료코와 하루미는 한 해를 마무리하는 데이트를 하느라 밤 늦게까지 시내를 활보하며 희희낙락했다.

"하루미, 춥지 않아?"

"나는 견딜 만해. 료코만 곁에 있으면."

"하하핫, 내가 널 두고 어딜 가겠어. 하지만 밤이 깊었어. 날도 점점 더 추워지고."

'그래서 뭐? 바보야, 빨리 나랑 같이 밤을 새우고 싶다고 해!'

하루미는 오늘 작심하고 나온 터라 귀가하고 싶지 않았다.

그래서 자신이 좀 더 적극적으로 나가기로 마음먹었다.

"료코, 네가 가고 싶은 대로 가. 난 그냥 따라갈게."

"정말?"

"응."

'빨리 어딜 좀 들어가자고! 추워 죽겠단 말이야.'

"그럼 내가 정한다?"

"난 상관없다니까."

추위를 내색하지 않은 하루미가 기대에 찬 표정을 자아냈다.

"좋아, 그럼 내 맘대로 한다?"

"그러라니까."

"그렇다면 여기서 가까운 에도야호텔로 가서 밤을 보내도록 해."

"엉? 호텔로 가자고?"

료코의 과감한 투자에 하루미가 웬일이냐 싶은 기색을 띠었다.

"응."

"거긴 숙박비가 비쌀 텐데……."

"그만큼 내겐 하루미가 소중한 존재니까. 아무 곳에나 재울 수 없잖아?"

"아, 아. 료코, 사랑해."

감격했던지 까치발을 한 하루미가 료코의 목에 팔을 감더니 키스 세례를 퍼부었다.

료코도 하루미의 감정을 거절할 수가 없어 열정적으로 키스에 응했다.

지나는 행인들이 있었지만 청춘 남녀 간에 흔히 있는 일이어서인지 슬쩍 일별하고는 지나쳤다.

눈을 지그시 감은 채 키스에 열중하던 하루미는 눈꺼풀을 간질이는 느낌에 슬며시 눈을 떴다.

료코가 눈을 빤히 뜨고는 쳐다보고 있는 것이 아닌가?

그제야 부끄러운 생각이 든 하루미가 키스를 멈추고는 얼굴을 붉혔다.

"아이, 부끄럽게……."

"하하핫, 부끄러워하긴. 춥다, 빨리 가자."

"응."

다시 팔짱을 낀 두 사람이 막 걸음을 옮기려고 할 때였다.

가던 길을 멈춘 행인들이 모여서 웅성대고 있는 것이 아닌가?

행인들의 시선은 모두 내각총리 관저의 옥상으로 향해 있었다.

료코와 하루미의 시선도 덩달아 그쪽으로 향할 때, 사람들의 입에서 비명이 터져 나왔다.

"앗! 저, 저게 뭐야?"

"아마테라스 신이 뭐 어쨌다고?"

"아마테라스 오미카미의 저주라고 쓰여 있어!"

놀란 행인들의 고함에 얼른 올려다본 료코와 하루미의 눈이 있는 대로 커졌다.


天照大神の呪い(아마테라스 오미카미의 저주)


깃대도 노끈도 없이 허공에 둥둥 떠 있는 일곱 글자의 글귀.

"옴마! 료코 상, 저게 가, 가능해?"

"그러게. 연기도 구름도 아니고……. 누가 새해 이벤또로 마술을 부리는 건가?"

"누가 태양신을 상대로 장난을 하겠어? 봐 봐, 빛까지 발산하고 있잖아? 진짜 태양신이 노하셨나 봐! 어떡해?"

"하루미, 네 말이 맞다. 아무래도 뭔 일이 일어날 것 같은 예감이야."

"그럼 빨리 여기서 나가!"

"그, 그래!"

두 사람은 서둘러 자리를 벗어났다.

하지만 웅성대던 행인들처럼 불안감이 없지 않았지만 멀찌감치 떨어져 구경하고 싶은 호기심은 이기지 못하고 얼쩡거리기는 마찬가지였다.

# 일본열도, 혼란에 휩싸이다 II

　총리 공관의 정문을 경비하고 있던 요시이는 지나던 사람들이 공관의 옥상을 올려다보며 웅성대는 것에 호기심을 느끼고는 쪽문을 열었다.

　"요시이, 어딜 가는 건가?"

　"스지, 사람들이 공관 옥상을 쳐다보며 시끄럽게 구는 것 같지 않은가?"

　"그렇지 않아도 조금 전부터 신경이 쓰이던 차였어. 근데 뭐 때문에 저러지?"

　"내가 무슨 일인지 알아보고 올 테니 잠시만 자리를 비울게."

　"어, 그래."

슬금슬금 걸어 나온 요시이가 쪽문 밖으로 나왔을 때는 사람들이 공관에서 멀리 떨어진 이후였다.

　"거참, 일찍 귀가나 하든지 하지 원……."

　저만치 물러난 행인들을 일별한 요시이가 공관 옥상을 쳐다보았다.

　"아니! 저, 저게 뭐야?"

　마치 공관의 간판이라도 되는 양, 막대풍선을 엮은 것처럼 옥상 위로 둥둥 떠 있는 몇 자의 글귀.

　"태, 태양신의 저주라니?"

　희한한 것은 그 어디에도 깃대나 노끈이 보이지 않는다는 점이었다.

　"허억!"

　불현듯 지옥유령의 예고를 떠올린 요시이가 다급히 공관으로 달음박질을 쳤다.

　"스지, 스지!"

　"자네…… 가, 갑자기 왜 그러나?"

　"빠, 빨리 코무로 실장에게 연락해!"

　"코무로 실장은 왜 찾아? 이유를 알아야 연락하지."

　"고, 공관 옥상에 지옥유령의 경고문이 떴다고 보고해!"

　"뭐, 뭐라? 지, 지옥유령?"

　"그래! 지금 공관 옥상에 경고문이 떠 있단 말이다!"

　"히익! 아, 알았어. 근데 뭐라고 적혀 있어?"

"아마테라스 오미카미의 저주!"

"칙쇼!"

다급해진 스지가 내선 전화를 통해 몇 마디 떠들고는 요시이를 쳐다보며 불안감이 역력한 표정으로 말했다.

"이미 연락을 받았다는데?"

"어? 그, 그래?"

"응, 근데 별도의 지시가 있을 때까지 대기하고 있으란다."

"뭐어? 고, 공관이 언제 사라질지 모르는 판국에 그게 뭔 소리야?"

"지금 지옥유령 사냥꾼들이 곧 도착할 거라며 그들을 도와 주라는데?"

"지옥유령 사냥꾼이라니? 그런 게 있었어?"

"그야 모르지 뭐. 자위대와 경시청에 연락하는 대로 코무로 실장도 곧 나온다고 했어."

그때, 두 사람의 귀로 '브아아앙!' 하고 요란한 배기음이 들려왔다.

어른 고개를 돌린 두 사람의 시선에 쏜살같은 스피드로 공관 쪽을 향해 내달려 오는 승합차들이 보였다.

"실장님이 말한 사냥꾼들인가 본데?"

"근데 뭐가 저리 많아?"

족히 열 대는 될 것 같은 까만 승합차들이 줄지어 달려오더니 '끼익', '끼이익' 하고 브레이크 소리를 내며 정문 앞에 멈춰 섰다.

요시이가 마중하려 나가려는 그때, 재빠른 동작으로 먼저 나서는 사내가 있었다.

"코무로 실장님."

"제가 맞이할 테니 두 분은 총을 소지하고 대기하세요."

"하잇!"

승합차의 문이 일제히 열리면서 플루토와 아마테라스 대원들이 우루루 쏟아져 나왔다.

그들은 차에서 하차하자마자 공관 옥상에 떠 있는 글귀를 보고는 저마다 놀란 기색을 자아냈다.

"보는 눈들이 많다. 모두 섣불리 행동하지 말고 대기하도록."

공관 옥상을 주시한 채, 코란트가 지시를 내리면서 계속 말을 이었다.

"하프너, 거스, 제시카!"

"옙!"

"네, 팀장님."

"기운의 진원지가 어딘지 빨리 찾아!"

"옙!"

"알았어요."

지시를 내린 코란트가 시미즈와 같이 공관에서 나오는 정장 사내에게로 다가갔다.

"시미즈 상?"

"아, 코무로 실장님?"

"제가 코무로입니다. 일단 먼저 물어볼 게 있습니다."

"말하십시오."

"현재 위험한 상황입니까?"

"그건……."

시미즈는 선뜻 대답하지 못했다.

그럴 것이 시미즈의 능력으로서는 감당이 안 되는 질문이어서였다.

그로서는 공관 옥상에서 눈을 떼지 않고 있는 코란트에게 시선을 주며 대신 대답해 달라는 태도를 보일 수밖에 없었다.

이를 안 코란트는 대답 대신에 내각총리의 신변부터 물었다.

"총리께서는 어떤 상황이십니까?"

"조금 전 연락을 받자마자 비상 통로를 통해 피신하셨습니다. 걱정해 주셔서 감사합니다."

"다행이군요. 질문에 답하자면 아직은 위험한 상태가 아닙니다."

"그 말은 언제든 위험해질 수 있다는 말입니까?"

"그건 아닙니다. 위험한 징후가 되려면 어떤 기운이든 활성화되는 과정을 거쳐야 하는데, 보시다시피 안정된 상태지 않습니까?"

"그렇다면 위험한 시기가 언젠지 알 수 있겠습니까?"

절레절레.

"저걸 조율하고 있는 당사자의 마음에 달렸기에 알 수 없습니다. 그러니 공관 직원들은 안전을 위해서라도 전원 대피하시기를 권합니다."

"만약 문제가 생긴다면 소멸 범위나 폭발 반경의 범위는 얼마나 됩니까?"

"휴우, 그건 지금부터 알아봐야 합니다."

"짐작하는 거라도 알려 주십시오. 이건 제가 묻는 말이 아니라 총리 각하께서 물어보라고 하신 겁니다."

"유감입니다."

코란트는 다시 한번 머리를 저어며 확답을 거부했다.

"알겠습니다."

그 태도가 너무도 확고했기에 코무로도 대답을 듣기를 포기했다.

"대신 징후만 보여도 바로 알려 드리도록 하겠습니다."

"감사합니다."

그때 사이렌 소리와 함께 경광등을 반짝이며 요란하게 등장하는 경찰차들이다.

삐뽀. 삐뽀. 삐뽀. 삐뽀……

경찰차의 뒤를 이어 전조등을 있는 대로 밝힌 군용 트럭들이 줄지어 몰려왔다.

이를 본 코란트가 말했다.

"코무로 씨, 경찰들에게 시민들을 통제해 귀가시키는 데 주력해 달라고 요청해 주시오."

"주변을 비워 달란 말이군요."

"그렇습니다."

"그럼 군인들은 공관 주변을 경계하는 데 협조해 달라고 하지요."

코쿠로가 잰걸음으로 자리를 벗어났다.

"시미즈 씨, 저게 무슨 말인지 알려 주시겠습니까?"

"아마테라스 오미카미의 저주라고 쓰여 있어요."

"무슨…… 뜻이죠?"

"아, 태양신의 저주라는 의미요."

"태양신의 저주?"

"우리 일본국 황실의 시조신이자 일본의 신들 중에 가장 중심이 되는 신이 아마테라스 오미카미지요. 즉 태양신을 말하는 거지요. 일본국의 상징인 국기도 거기서 파생된 거고요."

"하면 지금도 제사를 지내며 숭배하고 있는 겁니까?"

"당연하지요. 이세신궁에서 제사를 지내 오고 있습니다."

"그런데도 어찌 저주를 내릴 수 있단 말이오?"

"그건 알 수 없지만…… 제 생각엔 지옥유령을 조종하는 작자의 농간이라고 여겨집니다. 코란트 씨는 그렇게 생각하지 않습니까?"

"흠, 그럴 수도 있고 아닐 수도 있소."

"무슨 의미로 하는 말이오?"

"고대사를 통해 봐도 여태껏 이런 징후가 없었기에 하는 말이오. 태양신이든 아니든 정말 신이라면 우리 인간이 감당할 수 없는 것 아니겠소? 만약 신이 아니라면 누가 저런 현상을 발현시킬 수 있겠소? 한번 자세히 보시오."

"……?"

"바람이 제법 세찬데도 불구하고 글자가 흐트러짐이 없지 않소? 난 죽었다 깨어나도 할 수 없는 수법이라오."

코란트가 검지를 들어 글귀를 가리키며 말을 이었다.

"시미즈 씨, 저 글귀에서 기운이 느껴지지 않소?"

"아, 그렇지 않아도 기운이 감지돼서 물어보려고 했습니다."

"거기에 대해 시미즈 씨의 생각은 어떻소?"

"누군가가 근처에서 기운을 조절하며 지속적으로 기운을 보내고 있는 거라 확신하고 있습니다."

"그렇다면 알아봅시다. 헤이! 하프너!"

"옙!"

"어떻게 됐나?"

"진원지를 찾지 못했습니다."

"뭐라? 그게 무슨 말이야?"

"야스쿠니신사에서 봤던 것과 같이 독립 개체인 것 같습니다."

"세 사람 전부 같은 의견인가?"

"그렇습니다."

"불쉿!"

퍽!

코란트가 불만을 내뱉더니 차량 진입 막이로 설치한 돌기둥을 걷어찼다.

"시미즈 씨, 그렇다는군요."

"골치 아프게 된 거지요?"

"그보다 우리가 할 일이 없어졌다는 거요. 있다면 저놈이 활성화될 때, 배리어를 치는 것밖에는 말이오."

"저걸 어찌할 수는 없습니까?"

"알다시피 기운이 상당합니다. 그 말은 곧 위력 또한 무시하지 못할 정도로 클 것이란 뜻이오."

함부로 예단해 조치를 취할 수 없다는 얘기.

"지난번 야스쿠니신사에서 터진 걸 기억한다면 대충 짐작이 갈 거요."

부르르르.

코란트가 그 당시를 상기하는 순간, 자신도 모르게 전신이 떨려 왔다.

조그마한 놈이 자폭하자마자 주변을 휩쓸어 버린 위력은 꿈에라도 나올까 두려웠던 것이다.

'아, 에단의 리스트레인트 네트(속박 그물)이라면 저놈을 제어할 수 있지 않을까?'

야스쿠니신사에서 속박 그물의 위력이 대단했었던 것을 상기하면 다시 한번 사용해도 괜찮을 것 같았다.

다만 자폭하는 것까지는 어찌할 수 없기에 그 파장이 만만치 않다는 것이 문제였다.

'그때 폭발 반경이 30미터였으니 저놈은…… 헐!'

생각하기도 끔찍했다.

天照大神の呪い

기껏해야 일곱 글자가 연결된 것에 불과했지만 야스쿠니신사 때와 비교하면 크기가 현저하게 달랐다.

대충 보아도 30배는 되어 보였다.

글자 하나가 야스쿠니신사에서 조우했던 유령(?)과는 잽이 안 되게 거대했다.

"아! 그러고 보니 지금은 그때보다 수십 배나 크군요."

시미즈도 당시 빛의 그물이라고 하는 속박 그물에 갇힌 유령을 봤었기에 할 수 있는 말이었다.

"내가 하고자 하는 말이 그거요. 그러니 주변 사람들을 전부 피신시켜야 하오."

코란트는 잠시 계산을 해봤다.

'30m×30배면 반경 9백 m로군.'

계산을 끝낸 코란트의 안색이 대번 창백해졌다.

"시미즈 씨!"

"네, 네!"

코란트의 고함에 가까운 호명에 깜짝 놀란 시미즈가 반사적으로 두어 걸음 물러서며 대답했다.

"아, 미안합니다. 갑자기 다급해져서 말이오."

"뭐, 뭡니까?"

"공관에서 반경 1km 내에 있는 사람들을 전부 피신시켜야 할 것 같소."

"뭐라고요?"

"시미즈 당신도 그날 봤잖소? 반경 30m가 초토화된 걸 말이오."

"……!"

시미즈가 잠시 그날의 기억을 떠올리는 사이 코란트의 말이 이어졌다.

"그런데 저놈은 야스쿠니신사에서 봤던 유령보다 30배나 크오. 그런 놈이 자폭하면 어찌 되겠소?"

"지, 지금 농담하는 건 아니겠지요?"

"믿기지 않기에 하는 말인 줄은 아오만, 이건 맹세컨대 절대 농담이 아니오. 그리고 시간이 얼마 없소이다."

"저놈의 변덕에 달렸다는 거군요."

끄덕끄덕.

"자, 잠시만요."

시미즈가 차마 코무로를 부르지 못하고 직접 달려갔다.

잠시 후, 내용을 들었는지 두 사람이 다급한 걸음으로 다가왔다.

"코란트 씨, 1km 내에 있는 사람들을 전부 피신시켜야 한다고요?"

"그렇소."

단호한 코란트의 말투였다.

"끙, 그게 지금 뭘 뜻하는지 알고 말하는 겁니까?"

"난 복잡한 건 질색이오. 단지 저놈이 자폭하게 되면 인명 피해가 어마어마하리란 것은 내 장담하지요."

"하아—! 이거야 원."

코무로는 도무지 감당이 안 되는지 하늘을 올려다보더니 두 사람에게 따라오라고 했다.

세 사람은 곧 경비실로 들어섰다.

스지와 요시이는 총을 든 채, 정문 바리케이드를 지키고 있었기에 경비실은 비어 있었다.

코무로가 휴대폰을 꺼내 들고는 말했다.

"지금부터 내각관방장관님과 통화를 시도할 겁니다. 아니, 사안에 따라 총리 각하와 직접 대화할지도 모르고요. 지금 다급한 상황에 말을 옮기는 게 번거로우니 같이 들어 보고 판단하도록 합시다."

"……."

코란트와 시즈미는 고개를 끄덕이는 것으로 동의했다.

하지만 시미즈는 긴장으로 인해 얼굴이 딱딱하게 굳었다.

그도 그럴 것이 시미즈로서는 내각관방장관인 마츠카와 아카리 장관과 총리인 모리 게이조 수상과 대화를 할지도 모른다는 생각에 긴장이 전신을 타고 올라 전율이 일었기 때문이었다.

단축키를 누르자마자 신호가 갔고, 기다리고 있었다는 듯이 목소리가 들려왔다.

─코무라 실장, 어떤 상황인가?

"장관님, 지옥유령과 관계된 분신이 나타난 것은 사실입니다. 그리고 현재까지는 별다른 징후는 없지만 언제 폭발할지 알 수 없는 상황이라고 합니다."

─폭발한다고? 소멸되는 게 아니고?

"두 사람은……. 아, 지금 제 곁에는 소통을 원활하게 하기 위해 미국에서 온 코란트 씨와 아마테라스의 시미즈 상이 함께하고 있습니다."

─두 분 수고가 많소이다.

"최, 최선을 다하겠습니다."

시즈미가 떨리는 목소리로 대답했다.

─코무로, 계속해 보게.

"말씀드리기 전에 전문가인 코란트 씨도 대화의 내용을 알아야 하기에 장관님께서는 수고스럽지만 영어로 말씀해 주셨으면 합니다."

─코란트 씨의 역할이 중요하다면 그러도록 하지.

"감사합니다. 두 사람의 말은 소멸보다는 폭발, 그러니까 자폭에 무게를 두고 있습니다. 그 근거는 야스쿠니신사에서의 경험이라고 합니다."

─시즈미, 확실한가?

시즈미가 코란트를 흘깃 쳐다보니 고개를 주억거리지 않는가?

자신은 얻은 시즈미의 말투에 힘이 실렸다.

"확실합니다, 장관님."

─하면 조치를 어떻게 하면 되는가?

코무로가 대답했다.

"공관을 중심으로 반경 1km 범위는 모두 피신해야 한다고 합니다."

─무어라? 반경 일, 일 km라고?

"그렇습니다. 시간이 촉박한 상황입니다."

─그러다가 아무 일도 없다면?

"……."

여기에 대해서는 어떤 의논도 없었기에 코무라도 입을 벙긋하지 못했다.

이건 고위 관료로서 명백한 실수나 마찬가지였다.

다행히 코란트가 나섰다.

"장관님, 짐머 코란트입니다. 제가 대신 말씀드려도 되겠습니까?"

—말하시오.

"분명히 말씀드립니다만 일은 터집니다. 그러니 속히 대피령을 내리시기를 권합니다."

—근거가 뭐요?

'후우, 답답하군.'

대량 폭발이 예견되어 있음을 알기에 가슴이 터질 것처럼 갑갑해지는 코란트였지만, 내심 심호흡을 몇 번하고는 입을 열었다.

"장관님, 이런 일은 초능력 분야이기에 정확한 근거를 대기가 어렵습니다. 또한 과학적으로도 증명할 수 있는 일이 아니기에 설명하기도 어렵습니다."

—흠, 전화를 끊지 말고 잠시만 기다려 주시오.

통화가 중단되고 침묵이 이어졌다.

아마도 모리 총리와 의논을 나누고 있는 것으로 짐작할 뿐이었다.

곧 통화가 재개됐다.

-코무로 실장.

"말씀하십시오."

-방금 국립박물관에서 연락이 왔네.

"바, 박물관요?"

-그렇네.

"……?"

-국립박물관과 효케이관, 수장고의 유물들은 물론 서양
미술관과 현대미술관의 전시 작품들까지 모조리 사라졌다는
소식이 들어왔다네.

"예에엣? 자, 장관님! 대, 대체 그게 무슨 말입니까?"

첫마디부터 너무도 기함할 일이라 코무로의 목소리는 거
의 비명에 가까웠다.

-들은 대로일세.

"……!"

세 사람은 도무지 믿기지 않는다는 듯 눈이 커질 대로 커
지면서 서로를 쳐다보았다.

-코란트 씨.

"예, 장관님."

-이게 가능한 일입니까?

"장관님, 말씀만 들어서는 정확히 알 수 없습니다만 지금
유물들이 그냥 사라져 버렸다고 말씀하신 거지요?"

－그렇소. 수상 각하와 정확히 들었소. 감쪽같이 사라졌다고 하오. 침입한 흔적도 없이 말이오.

"감시 카메라에도 잡히지 않았습니까?"

－전혀 찍히지 않았다고 하오.

'그럴 수가!'

－더 기가 막힌 것은 그 많은 유물들이 옮겨지는 모습조차도 없었다고 하오.

"모, 모두 다 말입니까?"

－그뿐만이 아니라 심지어는 뜰에 세워 둔 거대한 돌까지 사라졌다고 하오.

"무, 무게에 상관없이 말입니까?"

－그렇소. 아, 잠시만……

또다시 통화가 중단됐다.

막간을 이용해 시미즈가 물었다.

"코란트 씨, 유물들이 모두 사라졌다는 게 무슨 조화지요?"

"현장에 가 보지 않는 이상 저도 알 방법이 없습니다. 하지만 제 생각엔……"

"……?"

"이 역시 지옥유령의 소행이 아닌가 하는 의심이 갑니다."

"저 역시 그런 생각을 했습니다. 지옥유령이 나타난 이후부터 상상할 수 없는 일이 벌어지기 시작했으니 짐작할 수 있는…….."

시미즈의 말이 채 끝나기도 전에 통화가 이어졌다.

－휴우.

이번에는 첫마디부터가 땅이 꺼질 만큼 긴 한숨이다.

"자, 장관님."

－후우, 아무래도 우리 대일본에 망조가 든 듯싶소.

'마, 망조?'

함부로 입 밖에 내서는 안 되는 말을 스스럼없이 하다니.

그것도 일국의 내각을 관장하는 관방장관이 할 말은 아니었다.

코무로는 국립박물관이 털린 만큼 속이 상하는 다른 소식을 접한 것으로 짐작했다.

－오사카성이…… 지금 오사카성이 소멸되고 있는 중이라는 소식이 들어왔네.

"오, 오, 오사카성이……. 자, 장관님, 화, 확실합니까?"

－나도 거짓이었으면 좋겠네.

"……!"

도무지 믿으려야 믿기 어려운 소식에 코무로는 대꾸도 못하고 망연자실했다.

시즈미는 입술을 피가 나도록 깨물고 있었고, 코란트는 그저 고개만 내저을 뿐이었다.

'이건 내 능력 밖이야.'

그도 그럴 것이 그 어떤 에스퍼라도 물체를 소멸시키는 능력을 지닌다는 것은 불가능하기 때문이었다.

이는 플루토만이 아니라 전 세계 어느 에스퍼 양성소에서도 가능하지 않은 일이었다.

'정말 아마테라스의 현신이란 말인가?'

코란트의 정서상 믿기 어려운 일이었지만 야스쿠니신사에 이어 오사카성의 소멸을 감안하면 아예 없는 일이라고 치부하기도 뭣했다.

'고쿄가 직격된 것 역시 미스터리고…….'

코란트 자신도 에스퍼라 집 한 채 정도는 훼손시킬 수 있는 능력이 있지만, 고쿄 같은 대규모 저택을 초토화시키는 것은 언감생심이었다.

"후우, 수상 각하의 전언일세."

"핫! 마, 말씀하십시오."

─폭발 반경 내의 모든 시민들을 대피시키라는 지시네.

"아, 알겠습니다!"

─인명 피해가 없도록 최선을 다해 주게.

─하잇! 기필코 해내겠습니다.

이때부터 군경이 대거 동원된 치요다구는 혼란의 도가니에 빠져들었다.

코란트가 고함을 질렀다.

"모두 잘 들어! 절대로 저놈을 자극해서는 안 된다! 지금은 시민들을 피신시키는 게 급선무다. 알았나!"

"옙, 팀장님!"

"알았어요."

시간이 지날수록 공관 주위는 떠들썩해져 갔지만 큐브의 분신은 여전히 꿈쩍도 않고 허공에 떠 있었다.

에엥. 에에에엥―!

요란한 사이렌 소리가 정적에 든 치요다구의 밤을 깨웠다.

"치요다구 구민 여러분! 총리 관저에 폭발물이 발견되었습니다. 귀중품과 간단한 짐만 가지고 나오십시오. 군경의 안내를 받아 속히 안전지대로 대피하시기 바랍니다. 시간이 없습니다. 속히 대피하시기 바랍니다. 차요다구 구민 여러분! 총리 관저에……."

동네방네를 반복해서 돌아다니는 확성기 소리에 한창 깊은 잠에 들었던 사람들은 화들짝 놀라 거리로 내몰렸다.

3층짜리 맨션에서 트레이닝 차림으로 황급히 튀어나온 긴끼가 마침 옆 동에서 점퍼를 걸치며 서둘러 나오는 오다 부부를 보고 물었다.

"오다 상, 이게 대체 무슨 난리랍니까? 난데없이 오밤중에 대피하라니요. 오다 상, 들은 거 없어요?"

"저도 무슨 영문인지 몰라요. 확성기 소리밖에는……."

"오마에가 뭐라고 안 했어요?"

"아들 녀석도 오늘 비번이라 같이 잠자다가 깼는걸요. 어? 저기 내려오네요."

경찰 정복을 차려입은 젊은이가 득달같이 달려왔다.

"아버지! 빨리 여기서 벗어나야 해요."

"오마에! 경시청에 연락해 봤어?"

"긴끼 아저씨, 대형 폭발물이 수상 관저 옥상에 설치됐다고 합니다. 그 폭발 예상 범위가 1km라고 하니, 가능한 멀리 피하셔야 안전해요. 서두르세요. 아버지, 전 비상이 걸려서 출근해야 해요."

"얘! 위험하지 않겠어?"

"엄마, 그렇다고 경찰이 어찌 피하겠어요."

"아, 알았다. 조심하렴."

"어서 가세요! 더 늦기 전에요."

"여보, 갑시다. 벌써 거리가 꽉 찼어."

"오다 상, 차를 이용하기는 글렀어요."

그 말대로 거리는 이미 많은 차량들이 일시에 몰려든 탓에 정체가 되고 있었다.

"자전거를 탑시다."

"아, 그게 좋겠군요."

"근데 어디로 가지요?"

"오다 상, 롯본기로 갑시다."

"아, 긴끼 상의 사무실이 거기에 있다고 했지요?"

"뭐, 작은 무역상이라 12평짜리 오피스텔인걸요."

"미나토구라면 1km 밖이니 안전할 겁니다. 더구나 추운 겨울에 머물 곳이 있다는 게 어딥니까?"

"서두르지요."

"예. 여보! 뒤에 타요."

"네."

# 상급 경지의 위력

철푸덕!

그야말로 순간 이동이어서 대비할 새도 없이 엉덩방아를 찧고 마는 담용이었다.

"앗!"

"어마마!"

느닷없이 허공에서 뚝 떨어져 엉덩방아를 찧은 담용으로 인해 난간 테라스에서 야경을 구경하고 있던 사람들이 깜짝 놀라서는 분분히 물러섰다.

'뭐야? 웬 사람들이 이렇게 많아?'

새벽 1시가 넘었는데도 전망대 꼭대기 테라스는 적지 않은 관광객들로 붐비고 있는 것이 아닌가?

전혀 예상치 못했던 광경에 담용은 주저앉은 채 눈살을 찌푸렸다.

'이 사람들은 잠도 없나?'

대부분 젊은이들로 거의 쌍쌍으로 짝을 이룬 커플들이었다.

"괜찮으세요?"

걱정이 됐는지 염려스러운 표정을 띤 커플이 주저앉아 있는 담용을 보고 물었다.

"아이 씨……."

담용은 천연덕스럽게도 위를 올려다보며 투덜거렸다.

테라스 위로 철탑이 있어서였다.

마치 거기서 뛰어내린 양, 겸연쩍게 웃으며 엉덩이를 연방 주물러 대는 담용이다.

"아, 고마워요. 생각보다 높네요, 하핫."

"모험심이 강한 분이시군요. 그 나이에도 말이죠, 하하…… 하하핫."

마치 철없는 개구쟁이를 보는 듯한 커플의 눈빛이다.

그러고 보니 담용의 얼굴이 바뀌어 있었다.

족히 서른 중반은 됐음 직한 장년의 얼굴로, 조금은 철없어 보이는 가벼운 인상이었다.

전망대에 설치되어 있을 감시 카메라를 의식한 조치였다.

"하하핫, 그러게요."

엉덩이를 툭툭 턴 담용이 커플에게 살짝 묵례를 하고는 실내로 들어가는 출입문으로 향했다.

"좀 이상한 사람 같아."

"그러게. 어른 개구쟁이네."

여친의 말에 고개를 갸웃하며 대꾸한 남자가 이내 여자의 손을 잡고는 난간으로 향했다.

"스고이!"

"스고이!"

대포 같은 줌을 단 사진기에 피사체를 담으며 연방 스고이를 외치며 즐거워하는 젊은이들이다.

'헐, 별로 볼 것도 없는데 뭔 스고이를 찾고 난리 부르스야?'

언뜻 봐도 그저 그런 야경인데 이게 무슨 세계 3대 야경이라고 선전하고 있는지 갑자기 토가 나오려고 했다.

괜히 배알이 꼴린 담용이 프라나를 소환했다.

-프라나, 너도 야경이 멋지다고 생각하냐?

-프라나는 잘 몰라요. 비교할 표본이 너무 적어서요.

'아, 그렇지.'

프라나가 두쉬얀단과 함께한 시기가 150년 전후였으니 이런 야경을 봤을 턱이 없다.

-나중에 한국에 가면 더 멋진 야경을 보여 줄게.

-히히힛, 기대하고 있을게요, 주인님.

'일단 커피나 한잔하고 시작해 볼까?'

간이 매점에서 커피를 주문해 들고는 반대편 테라스로 나가 의자에 앉았다.

'날씨가 상당히 차네.'

남단임에도 불구하고 바람이 세찬 영향 때문인지 피부에 닿는 기온이 제법 매서웠다.

그럼에도 새해라 그런지 추위와 잠을 잊은 젊은이들은 쌍쌍이 신나 하며 한껏 즐기는 모습이다.

-프라나, 목표물은 어느 쪽에 있어?

-나가사키 항구의 좌측에 있어요. 그 옆으로 제작소가 있고요.

-흠, 거리는 대략 10km 내외고요.

-분신을 얼마나 보내면 되겠냐?

-주인님의 경지를 알 수 없는 이상 정확한 계산은 어려워요. 그래도 짐작해 보라면 절반 정도는 내놔야 할 것 같아요.

'절반이라……'

-타 지역으로 공간 이동 하는 데 지장은 없겠어?

-프라나의 계산으로는 5백 km 정도 거리라면 상관없을 것 같아요.

-그래? 눈치껏 지도책을 펴 봐.

바깥 날씨가 쌀쌀하다 보니 실내에 머무는 사람들이 적지 않아 조심할 필요가 있었다.

바인더북

탁에 위에 지도 책자가 놓였다.

-주인님, 굿 아이디어가 떠올랐어요.

-응? 뭔데?

-제4호위대군요.

-뭐? 그게 이 근방에 있다고?

-아뇨, 구레시에 있어요.

"구레? 얼마나 떨어져 있지?"

담용이 재빨리 지도 책자를 뒤적였다.

-어? 히로시마에 있네.

공교롭게도 이곳 나가사키와 다음 코스인 히로시마가 2차 세계대전 당시 원자폭탄이 투하된 곳이었다.

한데 더 공교로운 점은 이번에는 담용의 큐브 공격으로 인해 또다시 치명적인 피해를 당해야 한다는 것이다.

-여기서 440km 정도의 거리니까 조선소를 공격하고도 공간 이동을 하기에 충분해요.

5백 km를 한계로 정해 놨으니 충분히 여유가 있는 셈이었다.

-다만 도착해서 차크라를 운기해 기운을 회복해야겠지만요.

-그거야 문제라고 할 수 없는 거고……. 어디에 도착할 거냐가 문제지.

-클레이턴호텔을 추천해요.

-이유는?

　-거기가 바닷가라서 제4호위대군과 가까워요.

　-굿이긴 한데, 거긴 조금 미루자.

　-제3호위대군이 출발하면 시작하게요?

　-그래.

　'시간이 지날수록 사람이 더 많아지는군.'

　아마도 일출 사진이 많이 걸려 있는 걸로 보아 새해 일출을 보려고 일찌감치 몰려드는 듯했다.

　'차라리 잘된 건가?'

　조금씩 떠들썩해지는 틈을 이용하기로 한 담용이 마음을 단단히 했다.

　애먼 인명들의 희생은 그것이 일본인이라 하더라도 쉽게 마음먹을 일이 아니어서 부담이 됐다.

　-시작해도 되겠어?

　-프라나는 항상 준비가 되어 있어요.

　-사방이 막힌 곳인데도?

　실내여서 당연히 우려되는 부분이었다.

　-고스트 트릭으로 통과하면 돼요.

　'아, 고스트 트릭.'

　이게 물체를 투과해 통과하는 수법이다.

　-작전은?

　-다발로 투하하는 걸로 하죠.

큐브를 다발로 공격하자는 뜻이다.

-다발이면 가능한 분신이 몇 개야?

-주인님의 차크라 절반을 할애한다고 전제하면 360개요. 그것도 실하게요.

'허얼, 많기도 하네.'

상급 경지 전에는 기껏해야 36개가 전부였음을 감안하면 놀랄 만한 발전이다.

차크라를 절반만 사용하는데도 열 배에 달했다.

게다가 위력 또한 배가 됐다.

-좋아, 시작해.

그렇게 지시를 내린 담용이 팔꿈치를 탁자에 댔다.

이어 두 손을 깍지 끼고 이마를 짚었다.

'조금 졸리긴 하네.'

일부러 그런 자세를 취했지만 실제로 피곤한 탓에 눈이 절로 감겼다.

하지만 그럴 수는 없는 일.

차크라양의 절반이 빠져나가는 일이라 운기하는 데 전력을 기울여야 했다.

곧 차크라로 인해 터져 나갈 듯이 전신 구석구석이 팽팽해졌다.

-차크라 온!

찰나, '뭉텅!' 하는 이질감과 함께 기운이 쭈욱 빠지는 느낌이 왔다.

동시에 심한 어지럼증에 이어 지독한 두통이 몰려왔다.

'우욱. 욱.'

거기에 금방이라도 구토를 해 댈 것만 같은 컨디션에 저절로 옆으로 몸이 기울었다.

'빌어먹을……'

처음 가는 길이라 전혀 대비가 되어 있지 않다는 점이 담용을 더 당황하게 만들었다.

그러나 곧 '쏴아아' 하고 청량제 같은 기운이 비워져 허전해진 공간을 채우듯 물밀듯이 쳐들어오자, 언제 그랬냐는 듯 정신이 맑아지고 기운도 제자리를 찾아갔다.

'휴우, 이거 또 하라면 못 할 것 같은데?'

잠시였지만 그만큼 비위에 맞지 않던 것이다.

'차라리 아픈 게 낫지. 이거야 원……'

특히 극심한 빈혈 증세와 욕지기가 사람을 환장하게 하는 것이 싫었다.

—주인님, 분신들이 정점에 이르렀어요.

—여긴 안전하겠어?

—그건 장담하지 못해요. 지반 연구가 안 되어 있어서요.

'아, 그건 미처 생각을 못 했네.'

—주인님, 이것저것 다 고려하면 할 게 아무것도 없어요.

'새끼, 명언이다.'

-발사해!

-넵! 유성같이 보일 겁니다.

'그거 괜찮네.'

유성으로 알아 주면 그건 그거대로 좋았다.

'엉?'

그사이 커플 한 쌍이 담용이 앉은 자리로 와서 서성거리고 있었다.

'이런! 쩝…….'

손에는 주문 커피를 들었고 볼도 추위에 빨갛게 익은 걸 보니 견디다 못해 실내로 들어온 듯했다.

'하긴 바람이 세차긴 하지.'

남쪽이라 겨울에도 그리 춥진 않지만 바람이 불면 기온이 돌변하는 곳이 나가사키다.

남을 배려하는 문화로 인해 주저주저하며 선뜻 말을 못 붙이다가 여친이 힘들어하는 것을 보고는 사내가 용기를 냈다.

"저……."

"아! 앉으세요. 전 바로 나갈 겁니다."

"가, 감사합니다."

급격히 밝아지는 안색에 이어 사내가 폴더 인사를 연방 해 대는 것을 본 담용이 자리에서 일어섰다.

담용이 향한 곳은 화장실이었다.

잠시 볼일을 보고 거기서 공간 이동을 할 생각으로 택한 곳이 화장실이었던 것이다.

"우와아아— 저기 하늘을 봐! 유성이야!"

"오오옷! 유성이 엄청나게 많아!"

"와아! 멋진 유성우다!"

"우오오오—! 유성우! 환상적이다! 요기, 망원경 가져왔지?"

"자기야! 카메라, 카메라 가져와!"

젊은 커플 관광객들의 환호성대로 유성은 긴 궤적을 뒤로 하고 비처럼 쏟아지고 있었다.

그야말로 듣도 보도 못한 장관에 전망대는 젊은 커플들이 내지르는 환호성으로 한껏 달아오르고 있었다.

자신들이 어찌 될지 한 치 앞도 모르는 젊은이들은 유성을 피사체로 삼아 연방 카메라 셔터를 누르기에 바빴고, 일부 젊은 커플들은 브이 자를 그리며 유성을 배경으로 기념사진을 남기기에 여념이 없었다.

젊은 커플들의 환호성이 화장실까지 들려오는 가운데 프라나의 중계가 이어졌다.

—주인님, 지금 조선소와 제작소 곳곳에 빼곡하게 낙하하고 있는 중이에요.

담용도 은근히 기대하고 있었는지 심장박동이 빨라지고 있었다.

그럴 것이 새로운 시도이자 첫 시도인 만큼 그 결과가 심히 궁금했던 것이다.

─폭발 5초 전! 4초, 3초, 2초, 1초!

프라나의 초읽기에 애써 태연해하던 담용도 긴장하기 시작했다.

긴장이 지나쳤는지 까닭 없이 '훅!' 하고 열이 달아오르는 기분이었다.

'이 느낌은…… 혹시 폭발?'

─붐!

'붐?'

─폭발했어요!

역시나 예상대로였다.

그런데 중계가 한 템포 빨랐나?

폭발음도 없고, 진동도 없다.

전망대에서 조선소까지 얼마나 된다고 여파가 전혀 없단 말인가?

─프라나, 진짜 폭발한 거 맞아?

─곧 옵니다.

─……?

의혹을 느낀 담용이 화장실을 빠져나와 복도를 걸을 때다.

쿠─쾅─!

한 차례의 둔중한 폭발음.

흐드드…….

－곧 충격파가 도달합니다.

쿠쿠쿠쾅쾅쾅…….

후드드드. 후드드드드…….

굉음에 이어 지진이 이는 듯한 진동이 전망대를 사정없이 뒤흔들었다.

'여기까지……. 대단하네.'

－주인님, 여차하면 공간 이동을 하셔야 해요.

여기도 안전지대가 아니라는 얘기다.

－알았어.

담용은 전망대까지 붕괴되리란 생각은 하지 않았지만 프라나의 경고는 잊지 않았다.

투두두…….

갈수록 심해지는 진동에 담용조차 벽을 붙잡고 천천히 걸음을 옮겨야 했다.

"이크!"

와장창창!

복도 모서리에 세워 둔 거대한 장식용 도자기가 받침대와 같이 넘어지면서 박살이 나고 말았다.

"으아아아―!"

"지, 지진이다! 어서 피해!"

"아악! 악!"

"야마이! 내 손을 잡아!"

젊은 커플들의 환호성은 금세 비명과 절규로 바뀌어 버렸다.

"야마사키! 천장 유리가 떨어지고 있어! 가방으로 머리를 감싸!"

챙그랑. 챙챙. 퍼석! 파삭!

유리창이 터져 나가고, 건물을 잔해들이 떨어지면서 요란한 소음을 냈다.

쿠쿠쿵. 쿵쾅! 쿠쿠쿠쿵! 쿠쾅쾅!

크고 작은 폭발음이 연쇄 반응처럼 일어나 듣는 이로 하여금 절로 두려움이 일게 했다.

ー유류고 폭발이에요. 곧 충격파가 도달할 거예요.

트트트트......

"여진이다ー!"

"야마사키, 꼭 안아 줘!"

"괜찮아. 곧 그칠 거야."

"기둥을 꽉 잡아!"

츠츠츠츠......

"후폭풍이다! 모두 바닥에 엎드려!"

평소의 지진에 대한 학습이 대단했던지 대처하는 동작들이 무척이나 익숙한 젊은이들이었다.

"으아아! 조선소가 불타고 있어!"

혼돈의 와중임에도 어느 결에 봤는지 미쓰비시 조선소가

화염에 휩싸인 것을 보고는 좌절의 비명성을 토해 냈다.

조금 전의 질서는 온데간데없고 발광하듯 탈출하는 젊은 이들은 이미 패닉을 넘어 공포에 먹힌 듯했다.

"으아악! 유조선이 기울고 있다-!"

"여객선도 침몰하고 있다고!"

"LPG선이 폭발하고 있어!"

"으아! 제, 제작소도 불타기 시작했어!"

비칠거리며 밖으로 나온 담용이 난장판이 된 실내를 벗어나 테라스로 나왔을 때, 젊은이들이 떼창으로 고함을 질러 댔다.

테라스는 이미 엉망진창이 된 후였다.

폭발음과 진동이 잠시 멈춘 틈을 타 젊은이들이 하나둘씩 몸을 일으키고 있었다.

조선소와 제작소의 폭발에 이은 불길은 나가사키 항구를 대낮처럼 환히 밝힐 만큼 화광이 충천하고 있었다.

'어? 저거…….'

일반 젊은이들과는 다른 안력을 지닌 담용의 눈에 화광 사이로 함선이 도크에서 빠져나와 기우뚱하는 것이 보였다.

함선은 대형이었다.

그것도 다수의 함포와 거대한 갑판을 가진 함선으로, 얼핏 봐도 일본의 야심작으로 여겨졌다.

-프라나, 저거 보여?

-주인님, 군함 말이죠?

-그래.

-두 척이네요.

-어? 하나는 어딨어?

-자세히 보세요. 거리상으로는 서로 떨어져 있는데, 지금은 겹쳐서 침몰되고 있어요.

설명대로 자세히 살피니 공교롭게도 잔상처럼 보이긴 했지만 분명히 두 척이 맞았다.

-어? 그러네.

얼핏 봐도 뒤쪽 함선이 빨리 사라지는 것을 보면 앞의 함선이 두 배 이상 컸다.

-저거 수선 중인 함선이 아니라 새로 건조하는 것 맞지?

-맞아요, 거의 완성 단계 같아요.

'맞아, 들은 적이 있어.'

그것도 군 현역 시절에 들은 바가 있었다.

내용은 일본이 10여 대의 헬기 탑재가 가능한 경항모를 건조해 일선에 배치했다는 소식이었다.

그때가 2004년도였던 것으로 기억됐다.

지금이 2001년 1월 초순이니 완전 건조를 코앞에 두고 있는 셈이었다.

3년의 공백은 시험 운항을 거치는 것을 감안하면 얼추 맞아떨어졌다.

'저건 분명히 경함모야.'

담용은 갑판의 규모만으로도 확신이 왔다.

잘은 몰라도 만재 배수량만 15,000톤에 이를 것 같은 크기였다.

뒤쪽의 함선은 구축함으로 짐작됐다.

'이건 의도치 않았던 횡잰데?'

경함모에 어마어마한 예산이 투자됐을 것을 감안하면 횡재도 이런 횡재도 없었다.

'소득이 엄청나구나.'

족히 20만 톤이 넘는 유조선에다 여객선과 LPG선 그리고 경함모와 구축함까지.

거기에 기타 자잘한 선박들까지 합하면 천문학적인 돈이 바다에 가라앉았거나 불길에 타 버리고만 것이다.

'빨리 벗어나야겠군.'

―프라나, 충격파가 또 오나?

―주인님, 저 정도면 완파라고 봐도 될 것 같은데요.

더 이상의 충격파는 없다는 뜻.

―그 대신 다른 게 오죠.

'다른 거라니?'

그때, 허공을 가르며 날아드는 파공음이 들려왔다.

피우우우…….

―주인님, 파편이 날아오고 있어요.

－여기까지 온다고?

－아마도요.

슈우. 슈우우우－!

"아아앗! 파, 파편이 날아온다－!"

"모두 아래로 내려가! 곧 여진이 올 거야!"

"헉! 여, 여진! 빠, 빨리 내려가!"

"불덩이들이다! 타, 탈출해야 돼!"

"야마이! 먼저 내려가!"

"같이 가!"

전망대의 테라스는 젊은이들의 울부짖는 듯한 비명까지 뒤섞여 아수라장으로 화했고, 출구는 한꺼번에 몰린 젊은이들로 인해 여지없이 뜯겨 나갔다.

펑! 퍼펑! 퍼퍼퍼펑!

시뻘건 불덩이들이 벽과 기둥 그리고 유리창에 연거푸 날아들었다.

퍼석! 와장창창!

와그르르…….

"아아악!"

"앗! 미야기!"

"악!"

"으아아아－!"

무너지는 콘크리트 잔해에 깔린 젊은이들이 아우성을 쳐

대지만 무정한 파편은 계속해서 날아들고 있었다.

이를 본 담용의 눈에 애석한 빛이 흘렀다가 곧 사라졌다.

'그나마 많이 다치지 않아서 다행이군.'

담용의 시선이 조선소로 향했다.

제3도크를 대낮같이 밝히며 충천하는 화광이 눈에 들어왔다.

'미쓰비시, 나를 원망치 말라. 이건 인과응보라고.'

애먼 희생자들에겐 미안한 일이지만 그 역시 남의 피와 살을 딛고 선 기업에서 그동안 잘 먹고 잘 살았으니 그리 억울하지는 않을 것이다.

왜, 모진 놈 옆에 있다가 따라 맞는다는 말도 있잖은가?

딱 그 짝인 것이다.

'그러게 진즉에 사과를 하고 잘못을 인정할 것이지…….'

강제징집을 부인하고 위안부 문제에 대해 줄곧 모르쇠로 일관하는 일본은 대체 어떤 나라란 말인가?

또한 국가관과 똑 닮은 기업들은 대체 왜 망하지 않고 승승장구하는 것인가?

그래서 품격이라곤 단 1도 없는 나라로 치부할 수밖에 없는 것이다.

아울러 강자에겐 약하고 약자에게 강한 비겁한 국가이기도 한 일본이다.

고로 국가의 품격을 상실한 나라는 이렇게 대할 수밖에 없다는 것이 담용의 생각이었다.

나아가 기왕지사 벌여 놓은 일이었고, 자책이나 후회할 일 따위는 더더욱 없었다.

끼이이…….

-주인님, 전망대 송신탑이 무너질 것 같아요.

힐끗 올려다보니 기단이 거의 파괴되어 서서히 기울고 있었다.

난장판이 된 테라스는 어느새 파편들이 머금었던 불씨만 남아 연기를 피웠고, 울며불며 아우성치던 젊은이들은 썰물처럼 빠져나가고 없었다.

-가자.

-아까 말씀하신 걸 보면 구례시는 아닐 테고, 어디로요?

-모모네 집.

-그럼 아까 말씀하신 대로 하실 건가요?

-그래, 마이즈루의 제3호위대군이 출발하고 서너 시간이 지난 뒤에 움직일 거야.

-많이 바빠질 것 같군요.

-본국의 협조를 받아야 가능한 일도 있어서 그래.

끼이이익.

담용은 금방이라도 덮칠 것 같은 송신탑을 주시하며 뇌리로 오사카성의 용마루를 각인시킴과 동시에 공간 이동을 시도했다.

나가사키 미쓰비스 조선소.

자정을 지나 새벽으로 치닫는 시각, 정문에서 경비 근무를 서고 있던 다다시는 모니터를 보느라 목덜미가 뻐근했다.

"하이고오, 출근할 때 우리 손녀 미나쯔가 주물러 줬는데도 목이 뻣뻣하네."

툭툭툭.

"왜, 내가 주물러 줄까?"

다다시가 목덜미를 두드리자, 옆자리에 있던 동료가 의자를 끌며 다가왔다.

"이끼, 자네 손은 우리 손녀처럼 나긋나긋하지 않아서 너무 아프다고."

"원래 거친 손이 약손인 법이라네. 어디 목을 이리 대 보게."

"하핫, 살살 해 주게나."

"머리를 뒤로 젖혀 위를 향하게 해야 주무르기가 쉽다네."

"이렇게?"

"그렇지. 여기 이 부위가 토요카와쯔츠라네."

"토요카와쯔츠? 그게 뭔가?"

"아나이치라네. 피가 뇌로 가는 길이라네."

"아, 아. 뇌에 산소를 공급해 주는 혈관이란 소리로군."

"뭐 비슷하긴 하지. 어떤가?"

"시원⋯⋯."

"왜? 말을 하다⋯⋯. 응? 왜 일어나나? 아직 멀었⋯⋯."

"이끼, 저, 저게 뭐지?"

"엉? 뭐가⋯⋯?"

"저기 유리창 밖에 보이는 백색 빛들 말일세."

"응? 그러네."

"뭐지? 유성인가?"

"아, 유성!"

"도대체 몇 개야?"

"셀 수가 없이 많은데?"

"와, 장관이다! 사진기로 한 방 찍자. 얼른 가져와."

"근데 점점 가까이 오고 있는 것 같지 않나?"

"어? 그러고 보니⋯⋯. 헉! 급속도로 가까워지고 있네."

"유성치고는 너무 밝은 것 같지 않나?"

"자네 말대로 점점 더 눈이 부시는구먼. 조금 있으면 눈을 뜨지 못할 정도겠어."

"근데⋯⋯ 방향이 우리 쪽인 것 같아."

"그렇게 보이긴 하는데, 설마 여기 떨어지기야 하려구?"

그때, 두 사람의 뒤쪽에서도 눈이 부실 정도로 밝은 빛이 비추고 있음을 안 이끼가 얼른 뒤돌아섰다.

"허억! 다다시, 유성이 뒤에서도 떨어지고 있어."

"뭣이!"

벌떡 일어선 다다시가 반대편 창가로 다가가 하늘을 올려다보았다.

"헉! 뭐야? 방송에 이런 말은 없었잖아?"

"다다시, 아무래도 피해야 할 것 같네. 방향을 보니 우리 조선소와 제작소가 타깃인 것 같아."

"일단 비, 비상벨을 누르게. 방송은 내가 하지."

삐잉. 삐잉. 삐이잉. 삐이잉…….

"빨리 실내에 있는 사람들을 대피시켜야 해."

그때, '쿵광!' 하는 폭발음이 남과 동시에 실내등이 저절로 퍽퍽 소리를 내며 터지더니 사방이 깜깜한 암흑으로 변했다.

곧이어 드넓은 조선소를 밝히던 가로등과 방범등 들이 순차적으로 터져 나가면서 삽시간에 암흑으로 돌변했다.

"이런 제길. 대체 무슨…….."

"예비 발전기 전력을 끌어서라도 빨리 방송하게!"

"아, 아. 경비실에서 알려……. 뭐야?"

툭툭툭.

"아, 아……. 마이크 실험 중, 마이크 실험 중. 다다시, 들리나?"

"마이크 소리가 아니야! 젠장. 발전기도 못쓰게 됐나 봐."

"아놔, 꼭 바쁠 때 이런다니까."

때를 맞춰 한순간에 눈이 멀 정도로 '번쩍!' 하고 섬광이 사방을 밝혔다.

이어 '쿠쿵!', '쿠쿠쿵!' 하고 심장을 내리누르는 듯한 둔중한 울림이 느껴졌다.

다다시와 이끼의 표정을 보니 현실을 인정하지 못한 정신이 겉돌고 있는 듯했다.

"뭐, 뭐지?"

찰나간이 억겁처럼 느껴질 만큼 조용한 것이 오히려 두 사람을 극도로 긴장하게 만들었다.

순간, 다다시는 등골을 타고 오르는 찌르르한 냉기에 이어 절로 돋는 소름에 한차례 부르르 떨었다.

뇌의 신경계는 빨리 이 자리를 벗어나라고 경종을 울리고 있었다.

'이거…… 심상찮구나.'

일생에 이런 느낌을 몇 번이나 맞이할까 싶지만, 불행히도 예감은 곧 현실로 나타났다.

<u>드드드드……</u>.

"어, 어, 어……."

"헉! 이거 지, 지진! 맞지?"

"젠장 할. 예보도 없었는데 지진이라니! 어서 나가자고!"

지진과 화산의 나라인 일본이라 그에 대한 방비와 대피는 이미 몸에 익은 두 사람이라 행동은 재빨랐다.

두두두두…….

두 사람이 경비실을 빠져나감과 동시에 땅울림이 더 심해졌다.

그때였다.

버언쩍!

백색의 섬광이 사방 천지를 밝힌다 싶더니 곧이어 '쿠쾅!', '쿠콰쾅!' 하는 고막을 찢는 듯한 굉음이 뒤따랐다.

츠츠츠츠츠……

이어서 스산한 마찰음이 들린다 싶더니 주변의 공기가 빠른 속도로 중심으로 쏠리는 현상이 일어났다.

촤르르르……

우지직! 쿠당탕탕─!

바닥이 쏠리는 소리에 이어 갖가지 소음이 일면서 조선소에 비치된 비품과 집기 들이 한쪽으로 딸려 가기 시작했다.

다다시와 이끼도 예외는 아니어서 같이 휩쓸리는 중이었다.

"으……. 으아아아. 다다시! 누가 나를 잡아당겨!"

"이건 지, 지진이 아니야! 기둥을 꽉 잡아!"

"다다시! 빠, 빨리 달아나!"

"아, 안 돼! 당기는 힘이 너무 강해서 버티질 못하겠어!"

"허억! 따, 딸려 들어가고 있어!"

"내 손을 잡아!"

다다시가 손을 한껏 뻗어 보지만 닿지가 않았다.

"으아아아—!"

"안 돼—!"

버텨 보려고 안간힘을 써 대며 발버둥을 쳐 보지만 다다시와 이끼는 비명과 절규를 마지막으로 온갖 잡동사니들과 뒤섞여 암흑 속으로 사라지고 말았다.

곧이어 고도로 압축된 대기가 팽창하면서 폭발했다.

콰콰쾅! 콰콰콰콰콰쾅—!

꾕량한 폭발음이 연달아 터졌다.

그 결과는 조선소와 제작소가 끝에서 끝까지 순차적으로 폭발하며 파괴되는 현상을 자아냈다.

화륵! 화르륵!

곳곳에서 화염이 치솟기 시작했다.

화염은 이내 거대한 화마로 화해 조선소와 제작소를 순식간에 온통 불길로 뒤덮어 버렸다.

펑! 퍼펑! 퍼퍼퍼펑—!

유류고 같은 인화 물질 저장 탱크가 터졌는지 엎친 데 덮친 격으로 잿더미가 되어 가는 와중에도 크고 작은 폭발이 풍선 다발이 터지듯 계속됐다.

일본 총리 공관.

모리 수상과 근무 인원들이 빠져나간 공관은 불이 꺼진 채 적막에 잠겨 있었다.

　　가로등도 방범등도 모두 꺼진 공관 주변 역시 어둠 속에 묻혀 금방이라도 뭐가 튀어나올 것처럼 괴괴했다.

　　이는 공관을 중심으로 반경 1km 역시도 암흑천지였다.

　　당연한 것으로서 전기나 가스 등의 폭발로 발생할 수 있는 위험성을 조금이라도 줄여 보고자 취한 조치였다.

　　가히 태초로 되돌아가면 이럴까 싶은 먹물 같은 어둠이었다.

　　그런 가운데 유일한 빛이라면 옥상 위에 이들이 지옥유령이라고 여기는 큐브의 분신에서 발산되는 흐릿한 빛이 전부였다.

　　"멜런, 뭐 좀 건졌나?"

　　코란트가 자신에게 다가오는 30대 갈색 머리의 여성에게 물었다.

　　절레절레.

　　"전혀요."

　　여성은 오드리 멜런으로 프로파일링 전문가이자 샤먼 포제션이었다.

　　즉 동양으로 치자면 무당인 것이다.

　　"주술적인 부분이 전혀 느껴지지 않는단 말인가?"

　　"네. 만약 추후에 샤먼 쪽이라 밝혀진다면, 지금의 저로서는 역부족이라고 말하고 싶네요."

"거참, 도무지 정체를 모르겠군."

"에스퍼의 기운도 느껴지지 않는가 봐요?"

"그러니까 더 문제지. 그렇지만 성질은 유사한 것 같긴 해."

"이대로 기다리고 있기만 할 거예요?"

"글쎄다."

멜런이 물음에 코란트가 곤혹스러운 표정을 지었다.

뭔가 수를 내야 하는 건 맞는데 한번 덴 경험이 있었기에 뭘 하더라도 조심스러워 건드려 볼 것이냐 아니면 그냥 지켜볼 것이냐를 두고 선뜻 결정을 하지 못했다.

"전번 폭발 때문에 그러는 거예요?"

야스쿠니신사에서 있었던 폭발을 말함이었다.

"솔직히 그래. 그땐 달랑 한 놈이었는데 지금은 무려 일곱 녀석이야."


天照大神の呪い


하나도 벅찬 판국에 무려 일곱 개나 되다 보니 폭발했을 때를 연상하면 끔찍했다.

그래서 도심을 텅텅 비게 한 것이다.

만에 하나 아니라면!

대망신이다.

반경 1km 내의 시민들을 이주시켰으니 그 비용만 해도 적지 않을 것이다.

폭발하든 하지 않든 책임을 묻진 않겠지만 체면은 땅에 떨어지고 말 것이다.

'차라리 내 예측대로 됐으면 싶군.'

"혹시 에단의 가디언인 지니(genie : 요정)처럼 누군가의 가디언일까요?"

"조종을 받는 개체인 것 같긴 하지만 가디언이라고 하기에는 무리가 있어 보여."

"저도 그래 보이네요. 아마 분신쯤 되나 보죠."

"맞아! 분신! 그게 적당한 표현 같아. 왜 그 판타지에서 나오는 네크로맨서의 퍼밀리어처럼 말이야."

"퍼밀리어는 정보 전달 역할 전문이 아닌가요?"

자체적인 공격력이 없다는 얘기.

"그건 유럽 전설의 뮤대륙에서의 얘기고 현실 세계에서는 공격력이 있는 거지."

"근데 언제까지 저러고 있을까요?"

"마냥 저러고 있지는 않겠지. 내가 보기엔 뭔가를 기다리고 있는 것 같아."

"뭘 기다리는 걸까요?"

"지금까지 생각해 봤지만 그걸 모르겠어."

"혹시 주인이 오길 기다리는 건 아닐지…….."

"그럴 수도 있…… 아!"

탁!

"……?"

"그럴 수도!"

"뭐, 뭐가요?"

코란트가 자신의 이마를 치면서 여태 찾고 있던 해답을 알아낸 것처럼 표정이 상기됐다.

"겐조 씨!"

"하잇!"

"사람들이 전부 대피했는지 알아봐 주시오."

"방금 확인했는데 거의 피신했다고 합니다."

"거의?"

"아, 지금은 혹시라도 아직까지도 남아 있는 사람이 있는지 알아보고 있는 중이라고 해서요."

"남아 있을 확률은요?"

"없을 겁니다. 저희 일본인들은 정부의 지시를 맹신하는 편이라서요."

'저 말이 맞을 거야.'

코란트가 봐도 그랬다.

대피 명령이 떨어지자, 단 한 사람도 불만을 갖거나 이의를 제기하며 따지는 시민을 보지 못했다.

오히려 누가 시키지도 않았는데 경찰의 지시에 따라 일사불란하게 움직이는 것을 보았다.

'헐, 미국이라면 난리가 났을 텐데……. 여긴 약탈하는 사람도 없어.'

자유분방한 미국 사람이라면 따지고 드는 것을 넘어 내 인생에 간섭하지 말라는 식으로 제멋대로 행동하는 것은 다반사였고, 그게 조금 더 발전하면 약탈로 이어져 사회적 혼란으로 치닫는다.

코란트는 일본 방문이 처음은 아니었지만 이런 면을 처음 봐서인지 놀랍도록 감탄했다.

'전부 대피했다고 친다면…… 뭐가 문제지?'

코란트는 마른세수까지 해 가면서 골몰해 봤지만 쉽게 떠오르는 게 없었다.

고민하고 있던 코란트의 시선에 수색견을 끌고 가는 경찰이 들어왔다.

'어?'

순간 뇌리로 불현듯 떠오르는 생각 하나.

"하프너!"

"옛!"

"잠시 여길 맡아!"

"옙!"

"제시! 에단!"

"옙, 팀장님."

"네."

"날 따라와."

"코란트, 어딜 가는 거예요?"

"멜런은 방어력이 없으니 공관에서 멀리 떨어져 있어!"

"어딜 가냐니까요?"

"공관."

"뭐예요?"

"마이언! 멜런에게 방패 하나 갖다줘."

"예스, 보스."

"에단! 방패 앞세우고 사이킥 배리어(염동장막)를 발현해서 앞장선다!"

"옛!"

"제시는 서치 능력으로 사람이나 동물이 있는지 찾아!"

"엑! 저 넓은 곳을요?"

"서치의 범위를 최대한 확장시켜 봐."

"에효, 알았어요."

대답은 했지만 공관으로 진입하는 게 영 불안했던 제시카가 큐브의 분신을 올려다보며 물었다.

"팀장님, 안전할까요?"

"안전에 대해서는 걱정하지 않아도 돼. 내가 장담하니까!"

"그럴 만한 근거라도 있어요?"

'근거? 그딴 게 어딨어? 내 직감을 믿는 거지.'

코란트는 100% 자신할 수는 없지만 확신은 있었다.

바로 직감이었는데 지옥유령이 인명을 해치는 것을 싫어한다는 점이었다.

돌이켜 봐도 그랬다.

지옥유령이 나타난 횟수는 야스쿠니신사에서 한 번, 고교와 도쿄도청에 한 번으로 모두 두 번이었다.

그런데 하나같이 밤에 나타났다.

밤은 인적이 드물기 마련이다.

고로 아무리 때리고 부수고 파괴해도 낮보다는 인명의 희생이 적을 수밖에 없다는 것.

그걸 믿기에 과감하게 공관으로 진입하는 것이다.

'저놈이 인본주의자나 박애주의자의 분신이라도 되나?'

분신은 본신의 성정을 닮기 마련이라 코란트의 추론은 얼추 맞아떨어졌다.

"저거 보라고, 팀장도 위험하니까 더 말을 못 하고 아끼는 거야."

"그냥 좀 믿어라."

"난 에단 네가 아니거든."

제시카가 자꾸 주저주저하는 이유는 야스쿠니신사에서 큐브 분신의 위력을 직접 체감했기 때문이었다.

"제시, 시간 없다. 빨리 들어가!"

"아! 정말 싫은데……."

"위험해지면 너부터 보호해 줄 테니까 걱정 말고 들어가!"

"나두!"

"야! 에단! 너, 나 덮치면 죽을 줄 알아."

"내 뒤에만 딱 붙어서 따라와. 그럼 죽을 일 따위는 없을 테니까."

"싫어! 냄새나."

"팀장님, 플래시 라이트 켭니다."

"그래."

"제시, 너도 켜."

"됐거든."

"제시! 정신 안 차려? 자꾸 엉뚱한 짓 할래?"

"이미 찾았단 말이에요."

"엉? 벌써?"

"저 위를 보라구요."

제시카가 공관 로비로 들어서자마자 오른쪽 벽을 가리켰다.

코란트와 에단이 플래시 라이트를 비추자, 부조로 된 로마네스크 양식의 기둥 위에 고양이 한 마리가 오도카니 앉아 있는 것이 보였다.

'하! 저놈 때문이었나?'

조금은 어이가 없었지만 코란트는 짐작이 확신으로 바뀌

는 것에 고무됐다.

"이리 온."

폴짝.

제시카가 두 팔을 벌리고는 이티머시(친밀감)를 발현시키자, 고양이가 점프를 하더니 낯도 가리지 않고 품에 안겼다.

"에고, 고놈 털 하나는 북실북실하네."

"페르시안 고양인가?"

"목줄을 보니 누가 키우던 놈 같은데?"

"이따가 임자를 찾아 주면 되지."

그때 '후다다닥!' 하고 바쁜 발소리가 들리면서 누군가 공관으로 들어섰다.

"팀장님!"

"산달! 무슨 일이야?"

"빠, 빨리 여길 벗어나야 합니다! 놈이 울기 시작했어요."

"뭐? 다들 빠, 빨리 나가!"

"으아아―!"

그리 깊게 들어가지 않았던 덕에 코란트와 일행은 공관을 재빨리 빠져나왔다.

달아나는 그들의 귀로 산달의 말처럼 휴대폰의 진동음 같은 소음이 악귀처럼 따라붙고 있었다.

마치 생명을 앗기 직전의 경고음 같은 소음에 식겁한 네 사람은 발에 모터를 달아 순식간에 멀어져 갔다.

우웅. 우우웅. 우우웅…….

소음은 점점 더 커져 갔다.

"모두 방패를 단단히 붙잡아!"

"팀장님, 이걸로 될까요?"

"배리어는 뒀다가 뭐 할래?"

"아, 그렇지. 모두 배리어 발현!"

"배리어 발현!"

찰나, 방패를 둘러싼 그들의 주변으로 아지랑이 같은 장막이 생겨났다.

"앗! 놈이 점점 커지고 있어요!"

"모두 긴장해!"

콜나트의 입에서 '해'란 말이 끝나는 순간, '쾅!' 하고 고막을 단박에 뚫어 버릴 듯한 단발성의 폭발음이 일었다.

이어서 '와르르', '쿵쿵' 하는 소리와 동시에 공관이 폭삭 주저앉으면서 자욱한 먼지가 사방팔방으로 비산했다.

하지만 기대(?)하던 폭발의 여파가 올 시간이 지났음에도 오지 않았다.

"엉? 뭐지?"

잔뜩 웅크리고 있던 마이어가 머리를 쏙 내밀었다.

"뭐, 뭐야, 저게……."

"엥? 이게 끝이라고?"

"아냐, 속았네."

플루토 대원들이 저마다 실망(?)한 기색을 띠며 한마디씩 할 때, 코란트의 얼굴은 일그러질 대로 일그러졌다.

'쓰벌, 엿 됐다.'

# 각자의 입장

　도쿄 가수미가세키에 위치한 총무청.

　총리 관저의 폭발이 예상되자, 모리 수상은 각료들과 함께 비상 통로를 이용해 1km 이상 떨어진 가수미가세키에 있는 총무청으로 급거 피신했다.

　하지만 2001년 1월 16일을 기해 총무성으로 거듭나는 부처여서 현재는 한창 내부 공사를 진행하는 중이라 곳곳이 어수선했다.

　이유는 독립 부서였던 우정성과 자치성이 총무청과 같이 통합되기 때문이었다.

　이에 졸지에 바쁘게 된 다케다 료타 청장이었다.

　퇴근하여 관사에 머물고 있던 다케다 청장은 잠자리에 들었다가 급하게 연락을 받고는 막 청사에 도착한 참이었다.

정문에서 초조한 표정으로 서성거리던 사내가 얼른 다가오더니 문을 열어 주었다.

"오노 정무관, 수상 각하께서 몇 시에 도착하신다던가?"

"곧 도착한다는 연락이었습니다."

"사정은 뭐라던가?"

"당분간 우리 청사에서 업무를 볼지도 모른다는, 간략한 대답만 들었을 뿐입니다."

"엉? 그게 무슨 말인가? 멀쩡한 관저를 놔두고……."

"소관도 자세한 사정까지는 모릅니다."

"허어, 자정이 다 되어 가는 시각에 웬 날벼락인지 원. 뭐, 만나 보면 알겠지."

"우선 급한 대로 귀빈용 응접실을 준비해 놨으니, 그리로 모시면 됩니다."

"어, 수고했으이."

그때 사이렌 소리가 들려왔다.

에에엥 에에엥.

비상 사이렌을 울리며 10여 대의 차량들이 도착했다.

모리 수상과 관료들이 하차하는 것을 본 다케다 청장이 잰걸음으로 다가가 맞았다.

"각하, 어서 오십시오. 모시게 되어 영광입니다."

"다케다 청장, 잠시 신세를 져야겠소."

바인더북

"청사가 많이 어수선합니다만 성심껏 모시겠습니다."

"부서가 합병되어 번잡한 판국인데 우리까지 신경 쓰게 해서 미안하오이다."

"별말씀을요. 귀빈용 응접실로 안내하겠습니다."

"폐를 끼치오."

잠시 후, 모리 수상이 상석에 앉는 것을 필두로 관저의 근무 요인들이 각자 자리를 잡았다.

다케다 청장은 직원들을 시켜 응접실에 비상 상황실을 설치하도록 지시하고는 마츠카와 관방장관에게 손을 들어 보였다.

잠시 보자는 의미로 받아들인 마츠카와 관방장관이 복도로 나왔다.

"장관님, 당장 필요한 업무를 위해 응접실을 임시 상황실로 꾸미라고 했습니다. 보다시피 내부 공사를 하느라 마땅한 장소가 없어서요."

"아, 잘하셨소."

"다른 필요한 건 없습니까?"

"필요하면 요청하겠소."

"그러십시오. 그런데 어찌 된 일인지 여쭤봐도 되겠습니까?"

"아, 지옥유령이 총리 관저에 나타나서 이 난리를 치는 거라오."

"헉! 지, 지옥유령이요?"

근자의 핫이슈가 지옥유령에 관한 것이었던 터라 다케다 청장은 그 말을 듣자마자 기함을 했다.

"그렇소."

"하, 하지만 대피를 해도 관저에서 가까운 외무성도 있고 법무성도 있는데 어찌 이 좁은 곳으로 오셨는지요?"

"그렇지 않아도 외무성으로 가려다가 도중에 이곳으로 온 거요."

"이유가 있겠군요."

"그게……. 정보에 의하면 지옥유령에게 두 가지 유형이 있다고 하오. 하나는 소멸 자폭형이고 다른 하나는 폭발 자폭형인데 이번에 나타난 것이 후자에 속한다고 해서 말이오."

"하면 총리 관저의 폭발이 확실하다는 말입니까?"

"100% 폭발한다고 장담할 수는 없지만 전문가들은 그렇게 여기고 있는 듯했소. 그리고 폭발 반경이 1km로 예상된다고 해서 이리로 대피한 거요. 외무성을 비롯한 다른 관청들도 모두 대피 중이라오."

'아!'

그렇다면 말이 된다.

외무성과 법무성 등 다수의 관청 대부분이 총리 관저에서 불과 1km 내에 위치해 있었던 것이다.

심지어는 반파가 된 도쿄청사와 경시청조차도 그랬다.

한데 그들보다 더 중요한 일이 있어 급히 물었다.

"하면 시민들은……?"

"아, 현재 경시청과 소방청에서 나와 폭발 반경 내에 있는 시민들을 전부 대피시키고 있는 중이오."

"하아, 어찌 이런 일이……."

다케다의 얼굴이 금세 굳어지면서 낙심으로 가득 찼다.

"후우."

한숨을 내쉬며 가만히 고개를 젓던 마츠카와가 힘없는 어조로 말했다.

"지금 총리 관저가 폭발하는 것도 문제지만 그 못지않은 문제가 또 있소이다."

"예? 또…… 있단 말입니까?"

다케다 청장의 얼굴에 왠지 모를 불안감이 어렸다.

"국립박물관에 소장됐던 유물들은 물론 효케이관의 수장고와 미술관의 예술품들도 하룻밤 사이에 통째로 사라졌다면 믿겠소?"

"예에? 그, 그게…… 정말입니까? 아니, 한두 군데도 아니고……. 그게 가능하기나 한 일입니까?"

"내가 지금 거짓말이나 하려고……. 그뿐만이 아니오."

"예? 또……."

"오사카성이 소멸되고 있는 중이라고 하오. 아니, 보고받은 시간이 제법 됐으니 이미 소멸됐을지도 모르겠소."

"……!"

얼마나 놀랐는지 다케다 청장의 입이 떡 벌어졌다.

"휴우, 이만합시다. 어차피 말해 봐야 당장은 믿기지 않을 거란 걸 왜 모르겠소? 아침 뉴스를 보면 전부 사실이란 걸 알게 될 거요."

그때 응접실의 문이 열리고 정장의 사내가 다케다를 불렀다.

"청장님."

"어? 무슨 일이오?"

"각하께서 요기할 게 있는지 물어보랍니다."

"아! 각하께서 밤참을 드시던 도중에 급히 피신하느라 출출하실 거요. 청장, 부탁 좀 해도 되겠소?"

"어려울 거 없지요. 식당은 문을 닫았으니 도시락으로 준비하겠습니다."

"고맙소."

탁!

"이제야 시장기가 좀 가시는군."

후릅.

모리 수상이 젓가락을 놓고는 녹차로 입가심을 했다.

"시민들이 전부 대피했는지 궁금하오."

"무라카미 경시청장에게서 곧 연락이 올 테니 기다려 보십시오."

"초조할 수밖에 없지 않겠소?"

"각하, 이럴 게 아니라 각료들을 전부 불러들이는 게 어떻겠습니까?"

"걱정을 나누자는 의도인 건 알겠으나 이제 새벽 1시요."

한참 단잠에 취해 있을 시간이라는 뜻.

"그러면 만일에 대비하는 의미에서 외무성장관과 국무대신, 공안위원장만 부르도록 하지요. 내각정보조사실장은 도카이쩨카이에 참석한 연후에 합류하라고 하고요."

"뭐, 지금은 그 정도면 충분하겠구려."

"나카노 사무관."

"하이!"

"외무성장관과 국무대신, 공안위원장에게 이리로 오시라고 전하게."

"하이!"

"각하, 아직까지 폭발음이 들리지 않는 걸 보면 괜한 우려가 아니었던가 싶습니다."

"시민들이 아직도 피신 중에 있소. 설사 폭발이 없다손 치더라도 시민들을 피신시킨 후에 자세히 알아봐도 늦지 않소."

"그렇긴 합니다만 소관은 여전히 정말 폭발이 일어날지 의심스럽습니다."

"그보다도 태양신의 저주라니, 이게 믿기오?"

"전혀요. 사실 소관은 신의 존재를 크게 생각하지 않습니다. 이는 각하께서도 마찬가지 아닙니까?"

"크흠. 뭐, 부정하지는 않겠소."

실제로 그랬다.

수상으로서 야스쿠니신사에 참배하거나 공물을 바치는 것은 다분히 의도가 있는 쇼의 일환이었다.

바로 국민들의 결집을 의식한 행위였던 것이지 그들을 신격화해서가 아니었다.

생각을 해 보라.

달을 정복하고 화성까지 넘보는 시대에다 웬만하면 죄다 외국 유학파이지 않은가?

모리 수상 자신도 뉴욕대학원에서 석사 학위까지 받은 유학파 출신의 인재가 아니던가?

고로 어찌 죽은 자들을 신격화해서 국가와 개인의 영달을 좌우하게 맡겨 놓을 수가 있겠는가?

이는 모리 수상이나 각료들뿐만 아닌 일본의 식자들이라면 대다수가 그런 생각을 하고 있어 새삼스러운 일도 아니었다.

천황 역시 메이지시대까지만 해도 살아 있는 신이었다.

즉 현인신이었지만 패전 후에 인간으로 격하됐다.

'쯧, 전부 부질없는 짓이지.'

인간을 신으로 만든 것은 모두 과격파 군부가 군대를 신앙처럼 뭉치도록 하기 위해 만들어 낸 허상일 뿐이었다.

작금에 와서는 대다수 국민들도 알고 있는 사실이었다.

"각하, 소관은 절대 폭발하지 않을 것이라고 자신합니다."

"그랬으면 얼마나 좋겠소. 하지만 코란트 씨의 말이 내내 마음에 걸리오."

모리 수상과 마츠카와 관방장관이 식사를 하며 대화를 나누는 사이 좁은 공간이나마 응접실은 상황실 겸 회의실로 바뀌어 있었다.

그것을 기다렸다는 듯이 간간이 들리던 벨소리가 별안간 바빠지기 시작했다.

그중 상황실 전화기를 한 대 맡고 있던 나카노가 무슨 통화를 했는지 자리를 박차고 일어서더니 마츠카와를 불렀다.

"과, 관방장관님!"

"무슨 일인가?"

"이, 이 전화를 받아 보십시오."

급격히 변하는 나카노의 안색을 본 마츠카와가 모리 수상을 힐끗 보고는 소리쳤다.

"진정하게. 누구 전환가?"

"나가사키시의 고바야시 시장입니다."

"나가사키 시장이 왜……?"

"관방장관 받아 보시오."

"옛, 각하! 스피커폰으로 전환시키게!"

"하, 하잇!"

나카노가 스피커폰으로 전환시킨 전화기를 가져와 탁자에 놓았다.

그리 넓지 않은 응접실이라 전화기 줄이 넉넉했다.

"나, 마츠카와 관방장관이오."

－자, 장관님! 크, 큰일 났습니다!

뜻밖에도 혼비백산한 목소리가 흘러나오자, 당황한 마츠카와가 잠시 멈칫하더니 입을 열었다.

"고바야시 시장, 진정하시오. 수상 각하께서 같이 듣고 계시오."

－아, 아……. 가, 각하!

"무슨 일인지 말해 보시오."

－자, 장관님, 조금 전에 조선소가…… 조선소가…… 미쓰비시 조선소가 초토화됐습니다.

"뭐……요?"

－방금 조선소와 제작소가 초토화됐단 말입니다!

"……!"

믿기지 않는 말에 일시 대꾸를 하지 못한 마츠카와가 모리 수상을 쳐다보았고, 응접실은 졸지에 정적에 파묻혀 버렸다.

마침내 모리 수상의 입이 열렸다.

"고바야시 시장, 나 모리 수상이오."

－가, 각하.

"나가센이 어찌 됐다고요?"

나가센은 미쓰비시 조선소를 약칭해서 부르는 말이었다.

－가, 각하, 완전히 초토화되고 말았습니다. 지금도 불길이 꺼지지 않고 활활 타고 있습니다.

－워, 원인이 뭐요?

－소관이 직접 본 건 아닙니다만, 목격자들의 말에 의하면 유성이었다고 합니다. 그것도 유성이 비처럼 쏟아졌다고 합니다.

"유성우라니?"

모리 수상이 곤혹스러운 표정을 자아냈다.

"관방장관, 오늘 밤에 유성우가 내린다는 소식이 있었소?"

"전혀요. 금시초문입니다."

"고바야시 시장은 들었소?"

－소관은 들은 적이 없습니다. 있었다면 대비를 했겠지요.

"그런데도 유성우라니 말이 안 되지 않소?"

－각하, 목격자들은 하나같이 그렇게 말하고 있습니다. 특히 전망대에 올랐다가 직접 눈으로 본 젊은이들의 말이 모두 똑같았습니다. 폭발의 여파로 다친 젊은이들도 꽤 많고요.

"아니, 전망대까지 폭발의 여파가 미쳤단 말이오?"

─현장을 가 보니 전망대는 거의 반파가 되어 있었습니다.

"건조 중이거나 수리하던 배들은 대피했소이까?"

─크흑. 조, 졸지에 당한 상황이라 미처 대피하지 못했습니다.

"허어, 피해액이 만만찮겠구려."

─정확한 피해는 현재 집계 중이긴 합니다만 먼저 보고를 드린다면, 수리 중이던 228,000톤 크루즈선과 건조 중이던 26만 톤짜리 유조선 한 대, 중형 LPG선 세 척, 그 밖에 크고 작은 선박들의 피해가 있지만 워낙 불길이 세고 강풍까지 불어 대는 탓에 아직 정확한 집계를 내지 못하고 있습니다.

"아, 알겠소. 인명 피해는 어떻소?"

─천만다행하게도 새벽에 벌어진 일이라 야간 당직자 20여 명만이 희생된 걸로 보입니다.

"피해 범위는 어디까지요?"

─나가사키 항구 전체가 후폭풍에 의해 피해를 입긴 했지만, 파괴되거나 무너지지는 않았습니다. 부상자는 있지만 사망자는 나오지 않았습니다.

'후유, 그나마 다행이군.'

"으으음, 고바야시 시장, 정신이 없겠지만 부상을 당한 사람들을 잘 치료하기 바라오. 그리고 조속히 피해액이 얼만지 집계가 나오는 대로 보고해 주시오."

―알겠습니다, 각하.

철컥.

모리 수상이 통화를 끝내자, 마츠카와에게 물었다.

"필시 건조 중이거나 수리 중이던 함정도 있을 거요."

민간인인 고바야시 시장이 군사기밀에 속하는 함정에 대해 알지 못하기에 따로 묻는 것이다.

"당장 알아보겠습니다. 사이토!"

"하잇!"

"방위청에 연락해서 미쓰비시 조선소에 주문한 함정이 있는지 물어봐. 있다면 세세한 내용을 팩스로 보내라고 해."

"하잇!"

모리 수상이 피곤했던지 관자놀이를 지그시 누르며 등받이에 몸을 기댔다.

'미치겠군.'

최근 며칠 동안 피해액을 떠올리기만 해도 머리부터 지끈지끈해 왔다.

그럴 것이 야스쿠니신사를 시작으로 고쿄, 도쿄시청, 국립박물관 문화재 도난, 효케이관의 수장고 유물 도난, 현대미술관 예술품 도난, 총리 공관 완파, 오사카성 소멸, 나가사키조선소와 제작소 초토화 등등.

특히나 조선소나 제작소의 경우, 그곳의 설비보다는 주문 제작하고 있던 선박이나 건조 중이던 군함 등의 피해가 더 중요했다.

그렇게 대충 계산을 해 봐도 짐작도 안 되는 가히 천문학적인 금액이 아닌가?

그 외에도 다수의 인명과 소소한 재산 피해까지.

'이걸로 끝나지 않을 것 같은데…….'

문제는 전무후무한 미증유의 사태가 현재 진행형이라는 것.

지금까지의 피해도 수습이 안 되는 판국에 추가 피해가 발생한다면 걷잡을 수 없는 사태가 일어날 수도 있었다.

국민들의 봉기까지는 아니더라도 정권 교체라는 최악의 사태가 오지 말란 법도 없었다.

'곧 국회 회기 기간이 다가오는데…….'

일본 국회 회기는 1월 중에 소집하며 회기는 150일간에 걸쳐 진행된다.

이번 일련의 사태에 대해 그냥 넘어갈 리 없는 야당 의원들이 목청을 한껏 키울 것이 분명했다.

'골치 아프군.'

머리가 복잡해진 모리 수상의 고민은 점점 깊어만 갔다.

'독도 침공 시일을 더 당겨야 할까?'

하지만 곧 고개를 저었다.

일본도 준비할 시간이 필요하기에 그랬다.

'아마테라스 신의 저주는 무슨……!'

이건 필시 누군가의 공작일 공산이 컸다.

모리 수상 자신은 애초부터 신을 믿지 않는 무신론자였다.

모리 수상이 상념에 잠겨 있을 때, 사이토가 팩스로 온 전문을 가지고 왔다.

"헉!"

"왜 그러시오?"

"각하, 겨, 경항모가 있습니다."

"경항모라면 헬기를 탑재하겠다고 설계했던 그 함정 말이오?"

"마, 맞습니다. 그리고 수리 중이던 이지스함 한 척도 있습니다."

"헐, 이지스함까지?"

"잠수함 한 척도 수리를 하려고 잠시 정박 중이었다고 합니다. 그 밖에 상륙함과 수송선 등도 맡겼다고 합니다."

"후우, 도대체가……."

대충 계산하더라도 감당이 안 되는 피해액에 모리 수상도 할 말을 잃고 말았다.

그때였다.

불행은 혼자 오지 않는다는 말처럼 '쿠쿵!' 하는 폭음과 동시에 '드드드' 하고 창문에 이어 건물이 흔들리는 사태가 발생했다.

"허억! 터, 터졌습니다! 각하. 탁자 밑으로……."

"아, 이 정도는 끄떡없을 거요."

모리 수상의 말대로 진동은 금세 멈췄다.

그때, '벌컥!' 문이 열리더니 코무로가 들어왔다.

"장관님!"

"코무로 실장, 뭔 일인가?"

"공관만 파괴됐다는 연락입니다."

"아! 다, 다행……. 읍!"

말을 내뱉고 보니 실수한 것 같다는 생각에 급히 입을 다문 마츠카와가 모리 수상의 눈치를 봤다.

"천만다행이란 말이 맞소. 시민들의 피해가 없었다니 말이오. 그렇지 않소?"

"각하, 그래도 공관이……."

"공관이야 다시 지으면 되오. 필요한 자료도 다 갖고 나왔잖소. 지금은 공관 외에 피해가 없었다는 것만 생각합시다."

모리 수상의 시선이 코무로에게 향했다.

"완전히 파괴됐는가?"

"공관만 폭삭 주저앉았다고 합니다."

"그만하길 다행이군."

모리 수상은 생각했던 것보다 피해가 적은 것에 마음이 놓였다.

"코란트 상의 말을 믿는 게 아니었습니다."

"그의 말을 전적으로 믿은 우리가 못난 탓이오. 안전이 확인되는 대로 시민들을 귀가시키도록 하시오."

"알겠습니다."

"우린 외무성으로 가는 게 어떠하오?"

"그러는 게 좋겠습니다."

'후우, 분노를 참고 견디기 어렵군.'

기실 모리 수상의 심정은 처참할 지경이었다.

애써 밖으로 내색하지 않으려고 하지만 속은 칼에 베이고, 창으로 찔리고. 톱질로 썰리는 것만큼 가슴이 쓰리고 아팠던 것이다.

수상이란 신분만 아니라면 고래고래 고함을 지르며 오만 발광으로 쌓인 분노를 표출하고 싶은 심정이었다.

'으으으…….  요시! 범인이 누군지 밝혀지기만 하면 그땐 천 배 만 배 갚아 주리라.'

부르르르…….

모리 수상은 탁자 아래에 감춰진 주먹을 한 차례 떠는 것으로 속내를 드러내는 것에 만족했다.

은밀하게 본인만 아는 복수를 다짐하며 잠시 머물렀던 총무청을 떠나는 모리 수상이었다.

모리 수상 역시 태생적으로 속내를 잘 드러내지 않는 일본인들의 고유 습성에서 벗어나지 못했다.

즉 겉과 속이 다르다는 말이다.

이는 외양으로는 신의를 말하지만 내심으로는 수단과 방

법을 가리지 않고 상대를 밟고 올라서려는 이중적 성격이 내재되어 있다는 뜻이었다.

특히나 극진우익의 대표적인 인물이라면 더더욱 그런 성향이 짙었다.

# 대한민국은 그대를 믿네

오사카성.

"악!"

허공에 기척도 없이 나타난 담용은 착지를 하지 못하고 자신의 몸이 계속해서 아래로 급전직하하자 깜짝 놀랐다.

"아차차!"

뭔가를 깨달은 담용이 재빨리 에어 플라이를 발현시켜 공중부양을 시도했다.

하지만 낙하하는 속도가 너무 빨라 공중부양을 시도하기도 전에 바닥에 고꾸라지고 말았다.

털퍼덕!

"크읔!"

─주, 주인님.

"으으으……."

─괘, 괜찮으세요?

'쓰벌, 무지하게 아프네.'

혹시라도 뼈가 부러진 건 아닌지 모르겠다.

'후우, 잽싸게 낙법을 했으니 망정이지 진짜 큰일 날 뻔했네.'

오사카성 높이가 58m임을 감안하면 이 정도로 끝난 게 천만다행이었다.

그래도 걱정해 주는 프라나가 고마웠다.

─괜찮아, 방심해서 그런 거니까.

이번 참사(?)는 공간 이동을 시도할 때, 그만 깜빡 잊고 오사카성 용마루만 뇌리에 각인시켰던 것이 그 원인이었다.

이미 소멸됐는데 용마루가 남아 있을 턱이 없지 않은가?

타운 포탈이 지면에서 무려 58m나 높이 생겨서 생긴 참사였던 것이다.

'이거…… 조심해야겠는걸.'

혹시라도 오래된 자료의 사진이라면 그사이에 변형 또는 증개축을 했을 수도 있잖은가?

심하면 다른 곳으로 자리를 옮겼을 수도 있었다.

'타운 포탈 지점을 선택할 때 신중해야겠구나.'

자칫했다가는 착지하는 즉시 잘못될 수도 있는 일이었다.

나아가 차원의 미아가 될 수도 있는 일이고.

높은 자리에 큰 책임이 따르듯 편리한 만큼 위험성 또한 내포하고 있는 것이다.

"확실하지 않으면 쉽게 변하지 않는 지점을 택하는 게 현명하겠어."

-주인님, 보이지는 않지만 외곽에서 인기척이 느껴져요.

'아!'

프라나가 일깨우자 정신이 든 담용이 얼른 몸을 숙였다.

하지만 몸을 숨길 데가 단 한 군데도 없다는 걸 금세 알아챘다.

-안심하세요. 소멸된 장소에는 아무도 없어요.

하긴 소멸된 장소에 남아 있는 잔재가 독성을 품고 있다는 것은 야스쿠니신사에서 증명됐었으니까.

'어, 뭐야?'

담용의 시선에 걸리는 게 아무것도 없었다.

나무야 그렇다고 쳐도 돌과 쇳덩이마저도 소멸됐는지 아무것도 남아 있지 않았던 것이다.

휑해도 너무 휑했다.

성벽이든 망루든 천수각이든 깡그리 사라지고 없었다.

남은 것이라곤 물을 담은 해자뿐이었다.

-프라나, 상급이면 원래 이래?

-모르겠어요. 성자 영감님은 이런 짓을······.

-알아, 인마. 그분은 이런 잔인한 짓을 할 리가 없다는 걸 왜 모르겠어?

'짜식이 꼭 내가 무지 잔인한 사람이란 뉘앙스를 풍긴단 말이야.'

사실 따지고 보면 프라나에게 더 잔인한 면이 있었지만 스스로가 그런 걸 알 리가 없었다.

-마! 그래도 하나도 안 아까워. 이거 백 년도 채 안 됐다는 걸 알아?

-알아요. 제일 유명한 천수각이 1930년산 철근콘크리트로 지어진 거니까요.

-맞아. 죄다 콘크리트를 퍼부은 거라 문화재라고 할 수도 없어. 그러니 아까울 턱이 없지.

-주인님, 이미 소멸됐어요. 흥분하지 마세요.

'이 자식은 꼭 제 할 말만 하고 사람을 머쓱하게 만든다니까.'

-확인했으니 가자고.

-주인님, 큐브의 기운이 느껴지지 않으세요?

-뭐?

-분신이 아직 남아 있다고요.

'헉!'

-정말이야?

-네, 차크라를 운기해 보세요.

담용은 얼른 차크라를 운기해 기운을 발산시켰다.

그러자 투명한 푸딩 덩이가 앞에서 아른거리는 게 확연히 느껴졌다.

-봤죠?

-어.

-오사카성을 소멸시키는 데 분신 하나도 많았군요.

'하! 그런 셈이네.'

이건 셈을 치르고 잔돈이 남은 격이었다.

-쟤를 받아들이려면 어떻게 해야 돼?

-차크라를 개방하셔야죠. 편하게요.

'아!'

담용은 차크라를 발산하는 것을 멈추고 온유한 기운으로 바꾸어 개방시켰다.

순간, '뭉클' 하는 느낌이 듦과 동시에 차크라가 이전보다 꽉 들어차는 기분이 들었다.

'거참.'

-됐어요.

-프라나, 좀 더 강력해진 느낌인데 원인이 뭔지 알아?

-큐브의 분신은 전투하는 과정에서 저절로 강력해졌어요. 그 기운이 다른 분신들에게 자극을 주기 때문이에요.

'허어, 그럴 수도 있나?'

그러니까 전투를 경험한 큐브로 인해 '네 알통이 크냐, 내

알통이 크냐?' 하면서 서로 경쟁을 한다는 것이다.

그러는 과정에서 담용도 모르게 큐브가 강력해진다는 뜻이었다.

－지금 전보다 두 배 이상 강해졌어요.

－난 못 느끼겠는데?

－상급의 경지는 차크라가 큐브를 갈무리해요. 그러지 않으면 주인님은 진즉에 몸이 터져 나갔을 거예요.

'헐!'

－마! 그걸 왜 이제 얘기해?

－죄, 죄송해요.

－앞으로는 시시콜콜 전부 알려 줘. 알았지?

－네.

'거참, 신기하네.'

아울러 알면 알수록 더 어려워지는 큐브의 오묘함이었다.

모모의 방.

"휴우－!"

아기가 첫 숨을 불어 내듯 긴장으로 점철된 묵은 숨을 뱉어 낸 담용이 벌렁 드러누웠다.

'아우, 피곤해.'

-주인님, 차크라를 운기하셔서 기운을 보강해야 해요.

-좀 이따가. 그보다 나디의 행방이나 좀 알아봐.

-감각이 희미하게 잡히는 걸로 보아 제법 멀리 간 것 같아요.

-뭐? 거기가 어딘지 알 수 있어?

-알 수 없어요. 팸플릿의 지도와 사진을 전부 기억하지 않는 한은요.

프라나가 나디의 행방을 알 수 없을 정도라면 엄청난 거리에 있다는 것을 의미했다.

'이런 젠장 할. 어디까지 간 거야?'

-팸플릿을 전부 뒤져서라도 알아볼까요?

'에혀. 나디 녀석, 시키지도 않은 일을……'

-그럴 수 있겠어?

-나디가 팸플릿에서 본 박물관을 전부 돌아다니려고 하는 걸 거예요.

-맞아, 나디 녀석이 좀 우직해야지.

-좀이 아니라 많이 우직한 거죠.

-그래, 네 말이 맞다. 수고해 줘. 난 문자를 좀 보낸 뒤 차크라를 운기하고 있을 테니까.

-넵.

담용은 구동진이 준 휴대폰을 꺼내 암어로 문자를 작성했다.

수신인은 최형만 3차장이었다.

'에궁, 노친네들이 얼마나 전전긍긍하면서 속을 끓이고 있을까.'

아마 제대로 잠도 자지 못하고 있을 게 빤했다.

따지고 보면 일이 여기까지 오게 된 건 최형만 차장과의 인연에서 비롯됐다고 해도 과언은 아닐 것이다.

기억 저편에서의 편린을 찾아 의도적으로 최형만을 찾아간 역삼동이었다.

우연을 가장한 담용이 심장병으로 쓰러져 죽어 가는 최형만 차장을 구함으로써 소위 배경, 즉 '빽'이라는 것을 얻으려 했었다.

기억 저편의 찌질했던 생활이 못내 한이 됐던 담용이었던 터라 기억하고 있던 것을 자신에게 이익이 되는 인연으로 엮으려 했던 것이다.

참으로 얄팍한 계산에서 출발한 인연이었지만 이토록 신뢰가 깊어질 줄 누가 알았겠는가?


-나가사키 조선소와 제작소 완파.(건조 중이던 경항모와 이지스함 수장. 기타 유조선 등 다수 수장).

-오사카 성 소멸.

-일본 총리 관저 파괴.

-코드 원의 담화문 발표 요망.


바인더북

(내용 : 일본 제3호위대군 출항 시 선전포고 요망.)

−일본 호위대군 및 공군력 무력화 시도.

(일시 : 제3호위대군 출항 후, 3시간 전후. 제3호위대군만 남겨 놓을 것임. 일본 공군 전력 위치 전달 요망.)

−특수전대 차질 없이 대기할 것.

(실전 상륙 요망 − 상륙 지점 지정 시 교두보 확보하겠음.)

−새벽 뉴스를 시청할 것.

−신뢰에 감사드림.


"아, 맞다. 문화재 보관 창고."


−문화재 보관 창고의 좌표 요망(긴급).


'나디가 돌아오면 보낼 방법을 궁리해 봐야겠군.'

"으갸갸갸……. 무지 피곤하네."

마지막 내용을 삽입한 담용이 크게 기지개를 켰다.

'프라나는 아직 나디를 찾지 못했나? 기척도 없네.'

갑자기 눈꺼풀에 돌덩이가 매달렸는지 절로 내려앉았다.

이를 느끼지 못한 담용이 그때부터 끄덕끄덕 졸기 시작했다.

그렇게 한동안 고갯방아를 찧고 있을 때, 프라나의 의념이 들려왔다.

-주인님.

-…….

-주인님?

-…….

-주인님!

감짝!

-어? 왜, 왜 그래?

-프라나는 열심히 일하고 있는데 주인님은 지금…….

-어, 어. 미안, 미안해.

-괜……찮습니다.

'어째 안 괜찮은 심사 같은데…….'

-그래, 왜 불렀어?

-나디가 교토박물관까지 갔다가 오고 있는 중이에요.

-교토까지 갔다고?

-네.

-거긴 왜?

-팸플릿을 보세요.

'아, 그렇지.'

얼른 팸플릿을 뒤져 본 내용은 이랬다.


　　동양불화특별전 전시회

'하하핫, 이놈 이거…….'

알고는 있었지만 어느새 까마득히 잊고 있었던 교토박물관 전시회였다.

'하핫, 나디가 너무 '열일' 하는구나.'

그럴수록 일본은 난리가 겹칠 것이다.

손해배상금만 하더라도 어마어마할 것이다.

아니, 이게 각국의 국보가 아니면 보물급이라 계산이나 될지 의문이다.

'추후에 몰래 돌려줘야지.'

추후란 이런 일이 잊힐 만한 시기가 될 것이다.

아, 일본은 제외다.

―주인님, 왔어요.

―어? 왔다고?

우울렁.

순간, 나디 특유의 울림이 담용의 전신을 혹 달아오르게 했다.

―주인님, 저 왔습니다.

―오오…… 나디!

―에헤헤헤.

―교토까지 갔다가 왔다고?

―넵! 주인님이 교토박물관 팸플릿을 눈여겨보시던 걸 기억하고 있었습니다.

'하아! 그놈 참······.'

이래서 내가 나디를 좋아하지 않으려야 좋아하지 않을 수 없는 것이다.

보다 더 실감나는 것은 이전의 단계만으로도 마음만 먹으면 뭐든 할 수 있는 경지라 여겼지만, 지금에 비하면 그조차 조족지혈인 기분이라는 것이다.

나디의 일만으로도 새삼 새로운 차원의 경지를 경험하는 기분이랄까 그런······.

―그래, 수고했다.

―이히히힛.

이럴 때, 반려견처럼 좋아하는 먹이라도 던져 주면 좋으련만 얘들은 그런 게 없어 아쉽다.

그냥 '수고했다'는 말 한마디에 세상을 다 얻은 것처럼 '좋아라' 하고 있다.

―수확물은 얼마나 돼?

―엄청나게 많습니다. 나디, 금방이라도 터질 것 같습니다.

―그러게 왜 교토까지 가서 무리하고 그래?

―에헤헷, 주인님이 좋아할 것 같아서 그랬습니다.

'좋기만 하냐?'

사실 기분이 째지게 좋다.

―우리 나디, 많이 피곤하겠네.

-아닙니다. 더 일할 수 있습니다.

-됐어, 그만 쉬어.

-아닙니다. 주인님의 심박 수가 일정하지 않아 나디는 편하지 않습니다.

-엥? 그게 무슨 말이야?

-빨리 처리할 일이 있을 때, 생기는 생체반응으로 느껴집니다.

'뭐야? 나도 모르는 부분이 있었어?'

-주인님.

-어, 프라나.

-나디는 그런 섬세한 부분에 민감해요. 그냥 원하는 대로 해 주세요.

-나디가 너무 무리한 것 같으니까 그러지.

-쉬는 것보다 오히려 채운 걸 비우게 하는 것이 나디를 위하는 거예요.

-엉? 그런 거였어?

-네, 주인님도 과식하면 몸이 불편하잖아요?

'그렇지.'

과식으로 배가 부르면 몸이 둔해지면서 행동하기도 불편해지는 건 당연지사다.

-알았으니까 나디는 일단 잠시 쉬고 있어.

-넵!

'고놈 참, 처음부터 끝까지 씩씩하네.'

담용은 그 즉시 문자를 한 번 더 보냈다.

－문화재 보관 창고 긴급 수배 요망.

일본의 독도 침공이 예상되는 시국이라 내곡동에 위치한 국가정보원은 정보를 취합하느라 어느 부서보다도 바쁘게 움직이고 있었다.

당연히 밤을 잊은 청사는 창문마다 불빛으로 환했다.

3차장실 역시 불을 환하게 밝힌 채, 바쁘게 업무에 임하고 있는 중이었다.

띵.

"응?"

뭔가를 기록하고 있던 최형만 차장이 지극히 간략한 문자 알림에 얼른 서랍을 열고는 휴대폰을 꺼냈다.

휴대폰은 제로만을 위한 전용 회선이었기 때문이었다.

'왔구나!'

기다리던 제로에게서 온 소식에 최형만 차장은 감회가 남달랐는지 순간 울컥했다.

그도 그럴 것이 작금의 대한민국은 누구도 편을 들어 주지 않는 고립무원의 상태에서 일본의 독도 침공이 예견되고 있는 백척간두에 서 있었다.

믿을 곳이라고는 암호명 '제로'밖에 없는 지금, 중년의 노구에도 불구하고 눈에 눈물이 비치도록 울컥한 것이다.

돋보기를 쓰고는 창을 열어 문자를 읽어 나갔다.

눈을 부릅뜨고 내용을 확인하던 최형만 차장의 엉덩이가 주책없이 연방 들썩거렸다.

"그렇지! 그렇지! 바로 이거야."

벌떡!

더 지체할 수 없다는 듯 자리에서 일어선 최형만 차장이 밖으로 나왔다.

"차, 차장님."

"조 과장, 원장실로 갈 테니 앞장서게."

"아, 옙!"

재빨리 상의를 집어 걸친 조재춘이 최형만 차장의 기색만으로도 심상치 않은 사안임을 알고는 빠른 걸음으로 원장실로 향했다.

노크를 하자마자 문을 열고 들어선 조재춘을 맞은 사람은 안상수 과장이었다.

"조 과장, 이 시간에 어쩐 일……. 어? 차, 차장님."

"원장님께 알리게."

"옛!"

역시나 최형만 차장의 기색을 눈치챈 안상수가 더 묻지 않고 인터폰을 눌렀다.

　-무슨 일인가?

　"원장님, 3차장님이 오셨습니다."

　-모시게.

　안상수가 재빨리 문을 열었다.

　"최 차장, 무슨 일이오?"

　"원장님, 이제 우리는 살았습니다."

　"엉? 살았다니! 그게 무슨 말이오?"

　다짜고짜 툭 내던지듯 하는 말이었지만 어딘지 모르게 밝아 보이는 기색이라 정영보 원장도 덩달아 기분이 좀 나아졌다.

　"이것부터 보시지요."

　최형만 차장이 휴대폰을 건네주었다.

　"……?"

　문자메시지 내용을 살피던 정영보 원장의 안색이 대번 밝아지면서 의자 등받이에 걸어 놓았던 상의부터 챙겼다.

　"최 차장, 같이 가서 보고를 드립시다."

　"기꺼이 따르지요."

　"안 과장, 이거 빨리 문서화해서 청와대 비서실로 보내. 차도 대기시키고."

　"옛!"

"조 과장은 빨리 창고를 알아보고 보고해!"

"아, 조금 전에 보고가 들어왔습니다."

구동진으로부터 미리 전해 들었기에 이미 수배에 들어갔던 터였다.

"그래?"

"예, 여기……."

조재춘이 팩스로 온 용지 그대로 건넸다.

"죄송합니다. 방금 받은 거라 깔끔하게 정리를 하지 못했습니다."

"괜찮아, 내용이 중요한 거니까. 가시죠, 원장님."

목적지가 청와대임을 안 최형만 차장이 잰걸음을 하는 정영보 원장의 뒤를 따랐다.

대한민국 대통령 집무실.

김대중 대통령은 국가안전보장회의를 끝낸 후, 초저녁잠이 많음에도 불구하고 통 잠이 오지 않아 집무실을 떠나지 못하고 있었다.

뒷짐을 진 채, 새벽의 캄캄한 창밖을 내다보며 고뇌에 찬 김대중 대통령의 귀로 빠르게 걸어오는 발소리가 들려왔다.

그것도 두 사람이 걷는 발소리였다.

'응?'

손목시계를 들여다보니 이제 03시 30분을 가리키고 있었다.

'뭔 일이 생겼나?'

근자에 들어 불안한 마음이 가중되어 그런지 걸핏하면 심장이 먼저 알아채고 두근거림이 심해지고 있었다.

'후우—! 이러다 심장병에 걸리고 말지.'

김대중 대통령이 심호흡으로 애써 차분하게 마음을 가라앉혔을 때 노크 소리가 들렸다.

똑똑똑.

"들어오게."

곧 김창연 비서실장이 출입문을 열자, 정영보 국정원장이 먼저 들어서고, 뒤따라 최형만 차장이 들어왔다.

"정 원장, 이 새벽에 어쩐 일이오?"

그것도 이른 새벽부터 부랴부랴 방문하니 불안한 마음이 더 가중되는 걸 억지로 내리누른 김대중 대통령이다.

"꼭 방문해야 할 일이 생겨서 왔습니다."

"허어, 그래요?"

"대통령님, 오랜만에 뵙습니다."

"어이구, 최 차장, 실로 오랜만이구려. 그래, 몸은 어떻소?"

예를 다해 정중히 인사하는 최형만 차장을 본 김대중 대통령이 반갑게 맞이하더니 곧 건강에 대해 물었다.

심장병이란 지병을 앓고 있음을 알고 있었기 때문이었다.

"염려해 주신 덕분에 다 나았습니다. 심려를 끼쳐 죄송합
니다."

담용의 차크라 덕분에 고질적인 심장병을 완치할 수 있었
던 최형만 차장이었다.

"심려라니요. 아무튼 완치되었다니 그보다 반가운 소식이
없는 것 같소."

"자, 이리로 앉으시오."

"대통령님, 급한 사안이 있어 선조치를 해도 되겠습니까?"

대통령이 군통수권자이기에 일단 양해부터 구해야 했다.

"군사 문제요?"

"예."

"그러시오."

어차피 금세 알게 될 내용이라 김대중 대통령은 개의치 않
았다.

"실장님, 이 부분과 이 부분에 대해 부탁드립니다."

정영보 원장이 결재 서류철 안의 내용 중 한 군데를 짚어
주었다.

"특수전대 출동?"

"예, 지금 준비해서 부산 남항까지 가려면 아무리 빨라도
시간이 모자랄 겁니다."

"자세한 내용은 모르겠지만 바로 시행하겠습니다. 단, 대통령님의 재가는 반드시 받으셔야 합니다."

"염려 마십시오. 이건 일본 놈들의 콧대를 납작하게 만들려고 하는 원정 출군입니다."

"오호! 그렇다면야……. 하면 특수전대 전원 출동입니까?"

"예, 준비 태세만이 아니라 실제로 일본에 상륙할지도 모릅니다."

"예에? 실제 상황일 수도 있다고요?"

김창연 비서실장의 목소리기 좀 컸던지 김대중 대통령의 시선이 쏠렸다.

묵례로 죄송함을 표하는 김창연 비서실장의 귀로 정영보 원장의 흥분된 목소리가 들려왔다.

"그렇습니다. 이번 기회에 일본에게 맺혔던 한을 다 풀고 말 겁니다."

'아니, 무슨 자신감으로 이러는 거지?'

허황된 자신감인가, 초연한 의지인가?

의문이 들었지만 사정이야 어떻든 여긴 큰 목소리가 나와서는 안 될 곳이었다.

"일단 알겠습니다. 여긴 대통령님의 집무실입니다. 좀 작게 말씀하셔도……."

"아, 미안합니다. 내가 좀 흥분했습니다. 하지만 지금 제가 하늘을 날 것처럼 기분이 한껏 고양됐다면 믿겠습니까?"

"뭐, 그래 보이긴 합니다만……."

몇 시간 전만 하더라도 다 죽어 가던 인상을 기억하기에 모를 리가 없다.

그런데 지금은 갑갑하고 복장 터지던 일이 봇물이 터지듯 한꺼번에 해결된 것처럼 말투에 결기까지 서려 있었다.

"김 실장님, 대통령님의 재가는 틀림없을 테니 실제 상황에 준해서 지시를 내려 주십시오."

"알겠습니다."

김창연 비서실장이 서둘러 실내를 벗어났다.

"대통령님, 죄송합니다."

"그럴 필요 없소. 급하면 후에 재가를 받으면 되오. 근데 무슨 일이기에 군대까지 동원해야 한단 말이오?"

김대중 대통령이 얼핏 들은 것을 단도직입적으로 물어 왔다.

정영보 원장이 들고 있던 결재 서류철을 내밀었다.

"……?"

"대통령님, 희소식이 왔습니다."

대뜸 희소식이란 말에 김대중 대통령이 의아한 눈빛을 보내자, 정영보 원장이 만면에 미소를 띠며 눈을 마주쳤다.

"허헛, 그렇다면 내용부터 빨리 봐야겠군요."

서류철을 넘긴 김대중 대통령이 탁자에 둔 돋보기를 끼웠다.

좋은 소식이라는 말에 고무된 김대중 대통령이 서류를 눈앞으로 바짝 갖다 대더니 쭈욱 읽어 나갔다.

그 틈을 타 최형만 차장은 '띵' 하는 소리에 휴대폰을 꺼내 메시지창을 열었다.

-문화재 보관 창고 긴급 수배 요망.

'허어, 급한가 보군.'

그렇지 않아도 받아 놓은 자료가 있었기에 최형만 차장은 빠르게 손가락을 놀려 문자메시지를 보냈다.

덜덜덜…….

내용을 읽어 나갈수록 감정을 주체하기 어려웠던지 수전 증이 걸린 사람처럼 손을 떠는 김대중 대통령이다.

"이, 이게 사실이오?"

말투마저 떨려 나왔다.

어찌 그렇지 않을까?

상상을 초월하는 소식에 뭐라고 표현할 문구조차 떠오르지 않을 정도다.

그렇다 보니 오히려 사실로 느껴지지가 않았다.

"예, 제로가 직접 보낸 전문입니다."

"믿는 것이야…… 그렇다고 합시다. 확률은…… 얼마나 되오?"

성공할 확률을 말하는 것이지만, 심중을 대변하듯 어렵게 말을 내뱉는 김대중 대통령이다.

"100% 믿으셔도 됩니다."

최형만 차장이 자신 있는 어조로 말했다.

"최 차장이 확신하는 근거가 뭐요?"

"제로에 대해서는 제가 제일 잘 알고 있는 것도 그렇지만 근자에 일본에서 벌어진 사건을 믿으신다면 같은 맥락으로 보시면 됩니다. 제 자리를 걸고 확신합니다."

"흠."

최형만 차장이 너무도 자신 있게 말하는 통에 오히려 할 말을 잊은 김대중 대통령이다.

그래도 마른 풀처럼 시들했던 안색에 생기가 조금 도는 것처럼 보였다.

"100%라……."

"이따가 뉴스를 보시면 확실히 알게 될 것입니다. 아, 지금쯤 긴급 뉴스가 떴을지도 모르겠군요."

사실이라면 뉴스가 뜨고도 남을 시간이었지만 그건 이미 벌어진 일이니 중요 순위에서 밀렸다.

김대중 대통령은 다른 쪽에 신경을 쏟고 있었다.

'담화문을 발표하라고?'

그것도 일본 제3호위대군이 출항하고 3시간이란 간극을 두고서 말이다.

사실 어떤 식으로든 반응을 보여야 하는 시점이라 담화문을 발표하긴 해야 했다.

그런데 내용이 없는 담화문이라면 하지 않는 것만 못했기에 미루고 미루던 중이었다.

이제 그조차도 한계에 봉착한 상황이라 다른 내용을 제쳐두고 담화문이란 단어에 집착하는 것이다.

"본인은 대통령으로서 담화문을 어떤 내용으로 작성해야 국민들이 납득하고 안심할 수 있을지 그게 가장 고민이라오."

"다른 내용은 관심이 없으십니까?"

"전혀 아니오. 관심이 없다기보다 이미 벌어진 일이라 주워 담을 수도 없는 데다 제로가 앞으로 벌일 일 역시 전문가들의 소관이니 전적으로 맡기면 될 일이란 거요."

괜히 잘 알지도 못하면서 관여함으로 인해 일을 망치고 싶지 않다는 얘기다.

"다만 대통령의 재가가 필요한 일이라면 적극적으로 검토할 생각이오."

"담화문은 홍보부에 맡기면 될 것입니다."

"임팩트가 있는 핵심이 중요하니 의견을 물어보려는 것이오. 뭐가 없겠소?"

"물론 그 부분도 생각해 봤습니다."

"……?"

"이건 제로가 일본의 해군기지와 공군기지를 파괴했을 때를 전제로 합니다."

"그렇겠지요."

그렇지 않으면 담화문의 내용에 집어넣을 게 없어 발표를 할 수가 없다.

"담화문 발표 시간은 일본 제3호위대군이 독도로 출발하고 3시간이 경과했을 때입니다. 그때 일본에 선전포고를 하면 됩니다."

"서, 선전포고요?"

"옛!"

"허허허헛."

웃음도 듣기 거북한 경우가 있다면 딱 이런 경우일 것이다.

선전포고는 양국이 돌아올 수 없는 강을 건너는 일이라 신중에 신중을 거듭해도 모자라는 일이었다.

그럼에도 일국의 국가 정보를 책임지고 있는 수장이 선전포고를 입에 올리고 있었다.

'이 친구가 이토록 강성적인 면이 있었나?'

많이 의외다 싶었지만 눈빛을 보니 쉽게 꺾이지 않을 것 같았다.

의인모용 용인물의(疑人莫用, 用人勿疑)는 김대중 대통령 야당 총재 시절부터 지녀 온 모토다.

즉 사람이 의심스럽거든 쓰지를 말고, 사람을 썼으면 의심하지 않는다는 것이다.

'흠, 그렇단 말이지.'

"대통령님, 제로를 믿고 강하게 나가셔야 합니다."

정영보 원장의 강력한 채근에 김대중 대통령의 머리가 복잡하게 얽혔다.

대통령이란 자리가 이런 경우, 결단을 내리기가 가장 어렵다.

'그래, 독도를 점거당하는 것이나 대항했다가 망신을 당하는 것이나 별반 다를 게 없긴 하지.'

"설마 정 원장이 선전포고의 의미를 모르는 것은 아닐 테고…… 하고 싶은 말이 뭐요?"

"하하핫, 대통령님, 선전포고야 국회 동의가 있어야 하는 일이니 시간상으로도 동의를 받아 내기 어렵습니다. 더구나 기밀을 요하는 상황인 지금 광고할 일이 없지요."

정영보 원장의 말대로 선전포고나 국군의 외국 파병의 경우에 국회의 동의를 받도록 되어 있었다.

"일단 우리도 맞불 작전으로 나가겠다는 내용을 삽입하는 겁니다. 이는 상대가 독도를 침공하는 자체가 선전포고임이 분명하니, 따로 국회의 동의는 필요치 않은 경우에 속합니다."

백번 옳은 말이었다.

적이 침략을 하고 있는데도 국회의 동의를 얻자고 회의를 소집한다 어쩐다 하다가는 씻을 수 없는 피해를 입은 뒤일 것이다.

"다만 시기가 절묘하게 맞아떨어져야 한다는 전제가 따릅니다."

그 시기란 담용의 활약과 맞물림을 모를 리 없는 김대중 대통령이 마침내 입을 열었다.

"원하는 대로 되기만 하면 반전의 묘미가 있겠구려."

반전의 묘미가 아니라 세계가 깜짝 놀랄 일대 사건이 될 것이다.

그야말로 빅뉴스에 세계적인 특종이다.

외신들은 특종을 본국에 타전하기 바쁠 터였다.

이는 약소국인 한국이 강대국인 일본을 상대로 선전포고를 했다는 데서 기인한다.

우방 국가들은 혼란에 빠질 것이고, 북한, 중국, 러시아는 예의 주시하며 전쟁 발발 이후를 생각하며 손익계산을 할 것임이 분명했다.

심지어 도박꾼들은 승부를 점치며 내기를 하게 될 것이다.

"그렇습니다. 해군과 공군기지가 파괴되면 일본의 군사 전력은 제3호위대군만 남게 됩니다. 이는 우리 전력으로 충분히 감당할 수 있습니다. 전쟁이 길어지는 일도 없습니다."

"특수전부대의 상륙도 가능하겠구려."

"일본 육상자위대가 방어를 하겠지만, 그들은 우리 육군의 상대가 안 됩니다. 거기에 우리 공군 전력이 가세한다면, 상륙이 훨씬 유리하게 됩니다."

정영보 원장의 말처럼 사실이 그랬다.

단, 일본 해상 전력이 없다고 '전제'한다는 꼬리가 붙는다.

향후는 모르겠지만 현재 대한민국의 무력으로는 일본에 상륙해 작전을 전개하기가 무척이나 지난한 일이라 할 수 있었다.

심하게 표현하면 열도에 상륙하려다 바다에 전부 수장될 수 있다는 것이다.

하지만 담용이 이 문제를 해결해 준다면, 일본의 무조건 굴복을 받아 낼 확률이 컸다.

정영보 원장이나 최형만 차장이 여기서 자신을 얻었기에 김대중 대통령에게 강하게 어필하고 있는 것이다.

"그에 대한 매뉴얼은 마련되어 있소?"

"그건 기본입니다, 대통령님."

주적이 북한이라면 일본은 잠재적 적국으로 선정되어 있다.

단지 대외에 발표하거나 노골적으로 드러내지 않을 뿐이다.

덜컥.

출입문이 열리면서 김창연 비서실장이 들어왔다.

김창연 비서실장은 결재 서류철을 김대중 대통령 앞에 조용히 내려놓았다.

"특수전대의 출전에 관한 문제인가?"

"예, 이미 하달했습니다만 대통령님의 최종 서명이 필요합니다."

끄덕끄덕.

구두가 아닌 전언통신문이 필요했으니 김대중 대통령은 지체할 일이 아니라 여겨 빠르게 서명했다.

"아무래도 결단이 필요한 시점 같소."

"맞습니다, 대통령님."

"밋밋하게 할 바에야 안 하느니만 못하니, 이참에 국운을 걸어 봅시다."

스슥. 스스슥.

뭔가 미진한 게 있었던지 추가 사항을 직접 수기로 적더니 멈칫하고는 정영보 원장에게 물었다.

"지금이 데프콘 4인 상태지요?"

"예, 1953년 정전 이후로 데프코 4 상황이 계속되고 있습니다."

"본인이 군과는 인연이 없어서 그러는데, 잠시 설명을 좀 해 주시겠소?"

대통령이라고 해서 다 아는 게 아니어서 필요할 때 전문가의 조언을 얻어 정책에 반영하는 것은 당연한 일이었다.

주의해야 할 것은 편향되거나 전문가인 척하는, 무늬만 전문가인 이들을 피해야 한다는 점이다.

그러나 쉽지만은 않은 것은 대통령직에 앉을 때까지 수고한 측근들을 외면하기 어렵다는 점이다.

해서 대통령 본인의 지혜와 깊고 폭넓은 인맥이 그 무엇보다도 중요했다.

"예, 데프콘 5부터 말씀드리면 전쟁 위험이 없는 상태를 말합니다. 데프콘 4는 전쟁 가능성이 상존하는 경우이며 조금 전에 말씀드린 대로 1953년 정전 이래 이 상태가 지속되고 있습니다. 데프콘 3는 전 군의 휴가와 외출이 금지됩니다. 데프콘 2는 휴가와 외박을 나간 장병들 전원이 복귀함으로써 부대 편제 인원이 100% 충원됨과 동시에 장병들에게 실탄이 지급됩니다. 마지막으로 데프콘 1은 전시에 임하여 군 동원령이 선포되어 본격적인 전시 상황에 돌입하게 됩니다."

"그렇다면 이렇게 하지요."

"말씀하십시오."

"기왕에 시작하는 것이니 강하게 나갑시다. 약세를 보였다간 죽도 밥도 안 될 것 같소."

"탁월한 선택이십니다."

"크흠, 현재 가장 강력한 부대가 어딥니까?"

"아무래도 특수부대가 되겠지요."

"특수부대가 어디어디를 말하는 게요?"

"육군특전사를 비롯해 해군특수부대인 UDT나 SSU 그리고 UDU가 있고 또 공군에도 특수부대가 있는데, CCT와 SART입니다. 특전사들은 이미 동원령이 내려진 상태입니다."

"그렇다면 공군만 제외하고 해군 특수부대와 해병대를 전원 동원하시오."

"……!"

좌중은 김대중 대통령이 의외로 대범하게 나오자 놀란 표정들을 자아냈다.

"대, 대통령님, 백령도의 해병대는……."

"아, 아, 내가 김 주석에게 사정을 알려 양해를 구할 테니 그 점은 걱정하지 않아도 되오."

"아, 알겠습니다."

전에 없이 남북 화해 무드가 조성됐으니 기대를 해도 좋을 것 같았다.

"물론 NSC 상임위원회를 열어 의견을 개진해야겠지만, 선제적으로 할 일은 본 대통령의 권한으로 전부 허가할 테니 필요한 건 전부 조치하도록 하시오."

"알겠습니다. 본부는 이곳 지하 벙커로 하는 게 좋겠습니다."

"그럽시다. 김 실장은 그리 알고 서둘러 준비시키게."

"예."

"그리고……."

톡톡톡.

쉽게 내놓을 말이 아니었던지 팔걸이를 치며 잠시 고민에 빠지는 김대중 대통령이다.

"대통령님, 혹시 비상계엄령 때문에 고민하시는 것입니까?"

"그렇소. 이게 민감한 문제이긴 하지만 선전포고까지 하는 마당에 시기를 언제쯤 잡으면 좋을지 잠시 생각을 해봤소."

"아! 그 문제는 담화문을 발표할 때 상황을 봐서 하시는 게 좋겠습니다. 전쟁에는 변수가 많이 일어나기에 그렇습니다."

"나도 들었소. 전쟁은 살아 있는 생물이나 마찬가지라 어디로 튈지 알 수 없다고 하더구려."

"맞습니다. 2차 세계대전에서도 작전대로 되는 경우가 그리 많지 않았다고 기록되어 있습니다."

끄덕끄덕.

정영보 원장이 상체를 숙이며 고개를 주억이는 김대중 대통령에게 소곤거렸다.

"대통령님, 오쿠라 기하치로를 아시지요?"

"오쿠라 기하치로라면…… 일제강점기 시절에 우리 문화

재를 약탈해 간 놈 아니오?"

"맞습니다."

"그자는 죽은 지가 오래인데……. 뭔 일이 있소?"

"이번에 오쿠라가 세운 개인 집고관을 제로가 전부 털었답
니다."

"호오! 그래요?"

"예, 제 개인적으로는 무척 통쾌합니다."

"허허허, 본인이라고 다르겠소?"

그야말로 입이 있어도 욕설 한번 못 해 보고 고스란히 당
한 문화재 강탈 및 약탈 또는 밀반출의 대명사인 놈이었다.

"거기도 잿더미로 만든 거요?"

"아닙니다. 제로는 우리나라가 개입된 것을 철저하게 차
단하기 위해 유물만 쏙 빼 왔다고 했습니다."

"허헛, 잘했군, 잘했어."

"나름대로 영리하게 머리를 쓰는 거지요, 하하핫."

"어? 다 끝난 거요?"

"아, 죄송합니다."

보낼 문자메시지가 많았던지 이제야 휴대폰을 덮은 최형
만 차장이 김대중 대통령에게 묵례를 해 보였다.

"최 차장, 몇 군데나 되오?"

정영보 원장이 물었다.

"북부에서 남부까지 일흔세 곳입니다."

일본의 공군기지 숫자를 말함이었다.

“허어, 그렇게나 많소?”

“홋카이도에서 오키나와까지인데, 분대나 편대 위주로 구성되어 여러 곳에 분산 배치되어 있어서 그렇습니다.”

“아, 비행 전대나 비행단이라면 그런 숫자가 나올 수가 없지요.”

　공군 편대는 분대가 2대, 편대는 4대로 구성된다.

　여기에 비행대대는 12대에서 24대이며, 비행 전대와 비행단은 24대에서 96대의 군용기가 배치된다.

“일본 미사일 기지는 어떻소?”

　이번에는 김대중 대통령이 물었다.

“비행대대나 비행 전대에 주로 배치되어 있는데, 대부분 지대공미사일로, 방어가 주 임무입니다.”

“아, 북한 미사일 때문이구려.”

“그렇습니다. 그리고 이지스함에 탑재된 미사일이 있는데, 굉장히 위협적입니다.”

“그건…… 해결이 되겠지요?”

“하핫, 예.”

“정 원장, 국민들의 반응은 어떻소?”

“지금 국민들의 분노가 일촉즉발인 상태입니다. 퇴근 시간인 저녁 무렵만 되면 술집이란 술집은 연일 만원을 이루며 정부의 성토장이 되고 있습니다.”

"끄응."

익히 짐작하고 있던 바였지만 실제로 듣고 보니 마음이 더 무거워지는 김대중 대통령이다.

"정부에서 한마디 반응도 없이 묵묵부답이라 더 그런 것 같습니다."

"그렇구려."

"소관의 생각에는 각 방송사들의 협조를 얻어 일본 뉴스를 대대적으로 보도하게 하면 시선을 조금 돌릴 수 있을 것 같습니다만……."

"아, 그렇게라도 합시다."

잠시간 시간을 버는 일이라면 그 방법도 괜찮을 것 같아 김대중 대통령도 관심을 보였다.

"그리 오래가지 않을 테니 잠시 이용하는 게 좋겠소."

"알겠습니다. 책임지고 협조를 구해 보겠습니다."

"후우, 어렵군, 어려워."

"대통령님, 쉬십시오. 저흰 이만 가 보겠습니다."

"아, 두 분 수고가 많았소. 덕분에 오늘 밤은 잠을 좀 잘 수 있을 것 같소이다, 허허헛."

그렇지 않아도 다크서클이 턱 밑까지 내려와 있는 김대중 대통령이었으니, 그동안 얼마나 노심초사했는지를 짐작케 했다.

사실 말은 그렇게 했지만 어찌 잠이 오겠는가?

담용이 임무를 완수할 때까지는 잠자리가 가시방석인 것을.

그래도 철석같이 믿어 보기로 마음먹었다.

기호지세인 점도 그랬지만 마지막 문구 때문이었다.


-신뢰에 감사드림.


'대한민국은 그대를 믿네.'

"헉!"

꾸벅꾸벅 졸던 담용이 전신을 엄습하는 감각에 화들짝 놀라 깼다.

-공관의 큐브가 자폭했어요.

'쯧, 잘 가라.'

분신 하나가 떨어져 나간 기분은 애지중지 키우던 강아지를 잃어버린 것처럼 썩 좋지 않았다.

코란트는 큐브의 분신을 일곱 개로 봤지만 실제로는 달랑 하나였을 뿐이었다.

즉 하나가 일곱 개로 분열을 한 것이다.

당연히 그래서 공관만 폭삭 주저앉히는 위력밖에 되지 않았던 것이다.

'그러고 보니 동구와 순성이가 보고 싶네.'

동구와 순성이는 담용이 키우는 도베르만 피셔였다.

그때, '우우웅' 하고 담용의 휴대폰에서 진동음이 울렸다.

"왔다."

최형만 차장에게서 답장이 오기만 기다리던 담용이 얼른 메시지를 확인했다.

"뭐야? 왜 이리 많은 거야?"

생각했던 것보다 많은 기지 수에 담용은 하나씩 세어 나갔다.

"헐, 73개나 되다니."

공군기지가 73개라면 무지막지한 숫자라 실감이 나지 않을 정도였다.

'이거 확실히 줄여 놓아야겠는걸. 일본이 언제 이렇게 강성해졌지?'

경제 분야라면 일면 이해가 간다지만 평화 헌법을 고수하는 일본의 공군 전력 이토록 강대하다니.

이게 전부 미국이 막후에서 손을 쓴 탓일 것이다.

그렇다고 대한민국이 미국을 적으로 돌릴 수는 없다.

아니꼬워도 참고 가야 하는 우방이니까.

"일일이 찾아가는 것도 적지 않은 일이겠어."

아니, 자칫했다간 시기를 놓치기 딱 알맞았다.

-프라나, 봤지?

-네.

-방법이 없겠냐?

-이 방의 책을 다 뒤지면 사진이야 없겠어요?

-그래, 다 뒤져서라도 찾아내.

그래도 빠진 게 있다면 서점을 찾을 수밖에.

-알겠어요.

-글고…… 내가 일일이 직접 찾아갈 수는 없잖아?

-이젠 사진이나 좌표만 찍어 주면 가능해요.

-어? 그래?

-네, 주인님은 그동안 어떻게 하는지 알죠?

-차크라 운기.

-맞아요.

-가만있어 봐.

메시지 끝에 뭔가 본 것 같았다.

공군기지 수가 워낙에 많아서 거기에 정신이 팔려 미처 다 보지 못했던 것이다.

'있다!'

일본 공군기지들의 좌표가 적혀 있었다.

'이렇게 되면 일이 쉬워지지.'

-프라나, 좌표도 왔어.

-잘됐네요.

─그래.

'얼라? 시간이 벌써 이렇게 됐나?'

새벽 05시가 다 되어 가고 있었다.

'에구, 눈을 좀 붙여 둬야 움직이지.'

담용의 몸이 옆으로 스르르 자빠지고 막 잠이 들려 할 때였다.

쿵쿵쿵.

"이수 씨, 이수 씨!"

쿵쿵쿵……

"이수 씨, 일어나 봐요!"

벌떡!

담용은 자신을 부르는 소리에 튕기듯 상체를 일으켰다.

"아! 일어났어요."

벌컥!

방문이 열리면서 모모가 얼굴을 디밀고는 담용이 반응을 보이기도 전에 다급한 어조로 말했다.

"빨리 나와서 뉴스를 좀 보세요!"

'쯧, 이제부터 시끄러워지겠구나.'

모모의 태도만 봐도 지난밤에 벌어졌던 일에 대한 것임을 알 수 있었다.

"아, 예."

머리만 잠시 가다듬은 담용이 이끌리듯 거실로 나갔다.

"이수 오빠, 잠자리는 편했어요?"

"아, 덕분에요."

소파 끄트머리를 차지하고 앉은 난희가 손을 살랑살랑 흔들며 담용을 맞았다.

"세상에나! 어찌 하룻밤 새에…… 이수 씨, 저게 대체 무슨 일이래요?"

"뭐가요?"

시치미를 뚝 뗀 담용이 벽시계를 보니 시간은 아침 05시를 갓 넘기고 있었다.

다음 권으로 이어집니다

바인더북

틴타 현대 판타지 장편소설

# 다시 한 번
# 아이돌

ONCE AGAIN IDOL

#No환승 #No휴덕 #저세상주접킹양산
소울 가득 B급 감성부터 소름 돋는 대형 군무까지
돌덕들의 빛과 소금이 될 그 아이돌이 온다!

화상을 입고 아이돌의 꿈을 포기한
10년 차 연습생 서현우
트레이너로서 유명 돌들을 양성하던 중
갑작스럽게 데뷔 전으로 돌아가다!

회귀자 짬밥으로 무사히 데뷔해
크로노스를 스타덤에 올려놓은 그는
무대마다 뜻밖의 주목을 받으며
연예계의 중심에 서기 시작하는데……!

숨길 수 없는 반전 매력 무대의 향연!
그가 무대에 설 때 역대급 라이브가 펼쳐진다!

블랙라벨 대체역사 소설

# 삼국지 환상 동탁전

## 삼국지 빙의자의 필수 교양은 무력? 지력? No No, 이젠 도력이다!

의문의 적에게 맞서기 위해 동탁으로 부활한 기업가
그런 그가 선택한 방법은 **삼국지판 Simcity!**

혼란에 빠진 천하의 한복판 하동에서
한나라의 르네상스를 꽃피우며
**만인의 적 동탁, 일기당천들의 군주로 거듭나다!**

**그렇게 동탁은 행복하게 살았……을 리가 있나!**
역사로 안배돼 있던 사건들이 뒤틀리며
동탁의 태평천하를 위협하고
그 배후에서 그놈의 흔적이 발견되는데……

서량의 호걸 동탁 중영
도술과 지략으로 혼란한 천하를 구원하라!